广东青年
批评家
丛书

王金芝 著

网络文学

媒介、文本和叙事

NETWORK LITERATURE

SPM
南方传媒　花城出版社

中国·广州

图书在版编目（ＣＩＰ）数据

网络文学：媒介、文本和叙事 / 王金芝著. -- 广
州：花城出版社，2023.4
（广东青年批评家丛书）
ISBN 978-7-5360-9952-4

Ⅰ. ①网… Ⅱ. ①王… Ⅲ. ①网络文学－文学评论－
中国－文集 Ⅳ. ①I207.999-53

中国国家版本馆CIP数据核字(2023)第054026号

出 版 人：张 懿
责任编辑：黎 萍 秦翊珊
责任校对：汤 迪
技术编辑：林佳莹
封面设计：吴丹娜

书 名 网络文学：媒介、文本和叙事
WANGLUO WENXUE：MEIJIE、WENBEN HE XUSHI
出版发行 花城出版社
（广州市环市东路水荫路 11 号）
经 销 全国新华书店
印 刷 广东鹏腾宇文化创新有限公司
（广东省珠海市高新区唐家湾镇科技九路 88 号 10 栋）
开 本 880 毫米 × 1230 毫米 32 开
印 张 8.125 1 插页
字 数 175,000 字
版 次 2023 年 4 月第 1 版 2023 年 4 月第 1 次印刷
定 价 50.00 元

如发现印装质量问题，请直接与印刷厂联系调换。
购书热线：020－37604658 37602954
花城出版社网站：http://www.fcph.com.cn

擦亮"湾区批评"的青年品牌

张培忠

习近平总书记在文艺工作座谈会上的重要讲话中指出："文艺批评是文艺创作的一面镜子、一剂良药，是引导创作、多出精品、提高审美、引领风尚的重要力量。"文学批评是文艺批评的重要组成部分，是文学工作的重要一环，是文学发展的重要推动力，具有引导文学创作生产、提高作品质量、提升审美情趣、扩大社会影响等积极作用。溯本追源，"粤派批评"历来是广东文学的一大品牌。晚清时期，黄遵宪、梁启超倡导的"诗界革命""小说界革命"曾经引领时代潮流，对20世纪中国文学批评影响至深。二十世纪二三十年代，钟敬文研究民间文学推动了这一文学门类的发展，是20世纪中国民间文化界的学术巨匠。新中国成立后，萧殷、黄秋耘、楼栖等在全国评论界占有重要地位，饶芃子、黄树森、黄伟宗、谢望新、李钟声、程文超、蒋述卓、林岗、谢有顺、陈剑晖、贺仲明等也建树颇丰，树立了"粤派批评家"的集体形象，也形成了"粤派批评"的独特风格，即坚持批评立场、批评观念，立足本土经验，面向时代和生活，感受文艺风潮脉动，又高度重视审美中的文化积累和文化传承，既追求批评的理论性、科学性和体系建构，注重文学史的梳理阐释，又强调批评的实践性，注重感性与诗性的个性呈现。

新时代以来，广东省作家协会加强和改进文学批评工作，弘扬中华美学精神，进行科学的、全面的文学批评，建设有影响力的文学批评阵地，营造良好的文学批评生态，在全国文学批评领域发出广东强音。10年间，积极组织文学批评家跟踪研究评析当代作家作品及文学思潮和现象，旗帜鲜明地回应当代文学发展的重大理论和实践问题，召开了一百多位作家的作品研讨会。高度重视对老一辈作家文学创作回顾研究与宣传，组织了广东文学名家系列学术研讨会，树立标杆，引领后人。创办了"文学·现场"论坛，定期组织作家、评论家面对面畅谈文学话题，为批评家介入文学现场搭建平台。接棒《网络文学评论》杂志，创办《粤港澳大湾区文学评论》杂志，中国作协主席铁凝同志为《粤港澳大湾区文学评论》题词："祝贺《粤港澳大湾区文学评论》创刊，希望这份杂志在建设大湾区的宏伟实践中，在多元文化的汇流激荡中，以充沛的活力和创造力，成为新时代中国文学理论创新、观念变革的前沿。"联合南方日报社、羊城晚报社等实施了"广东文艺评论提升计划"。推行两届文学批评家"签约制"，聘定我省22位著名文学批评家，着力从整体上打造骨干文学评论队伍，提升"粤派批评"影响力。总的来说，广东文学理论家、文学批评家思想活跃，秉持学术良知，循乎为文正道，在学院批评、理论研究、理论联系社会现实和创作实践方面，在探索文学规律、鼓励新生力量、评论推介广东优秀作家作品方面，在批评错误倾向、形成文学创作的良好氛围方面，均取得显著成绩，为繁荣我省文学事业做出了积极贡献。

2021年，为发现和培养广东优秀青年批评人才，促进广东文学理论评论多出成果、多出人才，推动新时代广东文学评论工作创新发展，广东省作协经公开征集、评审，确定扶持"'广东青年批评家丛书'出版项目"10部作品，具体为杨汤琛《趋光的书写：诗歌、地域与抒情》、徐诗颖《跨界融合：湾区文学的多元审视》、贺江《深圳文学的十二副面孔》、杨璐临《湾区的瞻望》、王金芝《网络文学：媒介、文本和叙事》、包莹《时代的双面——重读革命与文学》、陈劲松《寻美的批评》、朱郁文《在湾区写作——粤港澳文学论丛》、徐威《文学的轻与重》、冯娜《时差和异质时间——当代诗歌观察》。入选者都拥有博士或硕士学位，以扎实的专业素养、开阔的文学视野形成独到的文学品味、合理的价值判断。历经两年，这套"广东青年批评家丛书"如期面世。这批青年批评家从创作主题、作品结构、叙事方式等文学内部问题探讨作品的得失，从中国现当代作家的作品出发，从不同的审美倾向和美学旨趣出发，探讨现当代文学为汉语所积累的新美学经验，坚持以理立论、以理服人，敢于褒优贬劣、激浊扬清，有效展现了"粤派批评"的公正性、权威性、针对性和实效性。

党的二十大报告强调："坚守中华文化立场，提炼展示中华文明的精神标识和文化精髓，加快构建中国话语和中国叙事体系，讲好中国故事、传播好中国声音，展现可信、可爱、可敬的中国形象。"构建中国文学话语和叙事体系是构建中国话语和中国叙事体系的题中应有之义，是新时代文学批评家的新使命新任务。回望西方话语体系主导世界，其实也只是并不久远的事情：在殖民主义时代之前，世界是多元并存、相互孤立的；在殖民主义时期，西方话语逐渐成为世界的主导性话语；在冷战时期，西方话语体现为美苏两大阵营的意识形态竞争；在后冷战时代，以美国为代表的西方话语一度独霸世界。当今世界和西方国家内部面临的一些挑战，包括人口危机、环境危机和文明群体之间的矛盾，都很难在西方话语框架之中找到答案。中国在大国崛起过程中产生的种种现象，仅仅通过西方话语体系也难以解释。这些反映在文学领域同样发人深省。曾几何时，一些人误将西方文学话语和叙事体系奉为圭臬，"以洋为尊""以洋为美""唯洋是从"，丧失了中国文学话语的骨气、底气、志气。伴随着西方话语体系的公信力持续下降，构建客观、公正的中国话语和中国叙事体系恰逢其时，前程远大。

王国维《宋元戏曲考》称"凡一代有一代之文学"。与此相对应，一个时代必然有一个时代的文学批评。在全球化的语境下，迫切需要广大作家增强主动塑造和传播中国形象的自觉意识和行动能力，既要创作精品力作、讲好中国故事，又要传播好中国声音、阐释好中国特色。对文本的创作，更加要强调信息的含量、思想的容量、情感的力量，并对文学话语体系构建的深刻性、独特性、预见性、形象性提出更高要求，在国际舆论场上和文坛上彰显中华文化软实力、中国文学话语权，塑造中华民族和平崛起、伟大复兴的大国风范和大国形象。积极构建中国文学话语和叙事体系，我们就是要在独特的审美创造中形成独特的中国风格、中国流派，不断标注中国文学水平的

网络文学：媒介、文本和叙事

新高度，让世界文艺百花园还原群芳竞艳的本真景致。

在新时代中国踔厉奋进的新征程中，粤港澳大湾区建设是一道风景线。"9+2"，11城串珠成链，握指成拳，美好愿景正变为生动现实，粤港澳大湾区文学融合发展也不断升温。与此相契合，"粤派批评"正逐步向"湾区批评"升级，以大湾区海纳百川、兼收并蓄的开放姿态，契合湾区的文学地理特质，重视岭南文脉传承，坚持国际眼光和本土意识相融、前瞻视野与务实批评结合，树立湾区批评立场、批评观念，面对中国当代变革中的新鲜经验和大湾区建设伟大实践的复杂经验，善于做出直接反应和艺术判断，注重批评的理论性、科学性和体系完善，突出批评的指导性、实践性、日常性，"湾区批评"在全国的话语权逐步凸显。文学批评是一项充满挑战，也充满着诗性光辉和思想正义的事业，需要更多有志者投身其中，共同发出大湾区文学的强音。从某种意义上说，青年批评家是文学大军中最具锐气、最能创造、最会开拓进取的骨干力量，后生可畏，未来可期。

"广东青年批评家丛书"集结青年批评家接受检阅和评点，对青年批评家研究、评论成果进行宣传和评述，是一次有益的探索。希望这套丛书激发更多青年批评家成长成熟，坚持开展专业权威的文学批评，弘扬中华美学精神，倡导"批评精神"，积极探索构建"湾区批评"的审美体系和评价标准，多出文质兼美的文学批评，发挥价值引导、精神引领、审美启迪作用，不断擦亮"湾区批评"品牌。是为序。

作者系中国报告文学学会副会长、广东省作家协会党组书记

序 对中国网络文学媒介问题的思考

贺仲明

王金芝的工作单位是广东省作协创研部，但最近两年主要工作在《粤港澳大湾区文学评论》的编辑部，因此，我们也算是同事。我对她的为人和工作多少有些了解，她是一个有文学情怀、对学术很执着也有追求的青年批评家。祝贺她的新著入选"广东青年批评家丛书"并顺利出版！

说实话，我对网络文学不熟悉，按理来说不太适合写序，但另一方面，我又觉得网络文学是当前中国文学的重要存在，具有无法回避的意义。所以，也想借着阅读这本书的机会增加一些对网络文学的认识，于是就应承了下来，写下了以下的一些阅读体会。

毫无疑问，网络文学是高科技的产物。换个角度说，是文学借助科技，脱离纸质的羁绊，更自由地生长和延展。它大大地解放了文学，却也带来了一些新的难题。最直接的一个就是文学的范畴——究竟什么是文学？这个问题其实是个老问题，但在纸媒时代，发表的难度对这一问题做了很好的遮蔽——发表很难，只有公开发表才能称得上文学，否则就难进入文学之门。

网络的出现极大地改变了以往的文学环境，也让什么是文学的问题困境充分凸显。在网络中，几乎不需要任何筛选，只要它给自己命名为文学，就可以作为文学作品公开发表，出现在大众面前。一些文学网站，虽然有发表标准，但与传统纸质媒体完全无法相比……这是任何人都无法改变的现实。人们无法回避，必须直面。因此，关于网络文学的定义、价值、文学性等问题的争议不绝于耳，也始终没有定论。

　　这确实是个难有答案的问题。从积极面来说，网络文学让更多人接触到了文学。没有了出版、发表的艰难，任何人，只要你热爱写作、热爱文学，就可以自由地发表作品；从消极面说，网络文学的水准难以得到充分保障，必然是参差不齐的模样。而且，受网络媒介的影响，文学最重要的生长点是市场、金钱，因此，它的重要指标之一是创作速度，作品也就不可能精心打磨，其结果是粗制滥造的作品多，精致的作品非常少。从内容上来说，也是基本上集中在通俗故事类型，很少看到具有较高思想艺术水平的作品。

　　网络文学也给文学评论家们提出了难题。因为创作量太大，评论家无法做出完全阅读，也就很难做出自己的价值评判。当然，就网络文学而言，文学评论对它们也没有什么意义。它们追求的是读者、效益，专业读者的批评不是他们在意的问题。

　　但是，网络文学的影响力却无法忽略，文学批评必须要进行关注，发出自己的声音。在纯文学一片萧条、影响力严重萎缩的背景下，网络文学却拥有着相当大的读者市场，对社会大众产生着无形却巨大的影响力。不管怎么说，这都是值得我们深入关注和认真思考的文学现象。

王金芝是一名"80后"。她们这一代人，在青春时代就遭遇到高科技，因此，对网络媒体等技术的应用非常熟练，对网络文学的兴趣和热情也很高。她关注网络文学，我以为是很正常，也是非常合适的。比较起我们这些"60后"或年龄更长的群体，这一代人们与网络文学的关系更密切，也更有发言权。

她的这本书就充分体现了这一点。这本书汇聚了近年来在网络文学上的研究成果。著作的副标题为"媒介、文本和叙事"，内容也包括两部分，其一是网络文学的媒介问题，包括与之相关的生产和消费问题，其二是文本内部的叙事，包括性别、消费意识等问题。说实话，对于网络文学相关的媒介，包括元宇宙等问题，我了解甚少，只是阅读其中的文本研究部分，感觉比较熟悉，也觉得她的文本分析能力很不错，特别是能够从海量的文本阅读中找到典型性的材料，非常不容易。可以看得出，她对网络文学的热情颇高，花费的工夫也是相当大的。

所以，对于这本书的学术质量，我没有充分的评价能力，但我对它选题的意义，以及作者为此做出的努力充分认可。我相信，这本著作在王金芝的文学批评道路上具有基础价值，也能为中国的网络文学研究留下坚实的一页。

是为序。

2022年冬月于广州

作者系暨南大学中文系主任、教授，广东省作家协会副主席

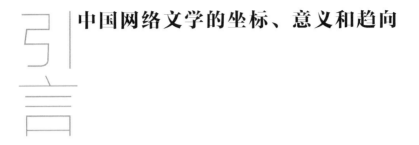

中国网络文学的坐标、意义和趋向

天地悠悠。一个具体细小的人站在时间的河流中，往后看浩浩荡荡，往前看一望无际，低头看此刻转瞬即逝，顿感当下之单薄无力。于是人们难免"厚"过去，期许将来，唯独"薄"当下。可是厚重的过去由无数单薄的此刻组成，期许的未来也从此刻开启。照笔者看来，当下才是最生机勃勃的时刻，值得所有人注目。中国网络文学就是此刻参与人数最多、社会反响最大、文本传播最广的文学现象。中国网络文学是媒介变革的结果，要准确定位网络文学，必须考察媒介变革在人类发展史中的位置。

一、人类发展史中的互联网媒介变革

互联网诞生于1969年，距今已过半个多世纪。互联网是人类社会史上迄今最伟大的媒介变革，是科学技术狂飙突进的先锋。在大历史的视野下，尤其能看出科学、技术与媒介的巨大力量。以色列历史学家尤瓦尔·赫拉利在《人类简史：从动物到上帝》中描述了人类发展简史：约在135亿年前，历经大爆炸之后，宇宙的物质、能量、时间和空间才基本固定下来；此后的30万年，宇宙中的物质和能量才结合为原子、分子等复杂结构；约在38亿年前，地球上产生了有机体；约在7万年前，地球上诞生了智人（Homo Sapiens）。尤瓦尔·赫拉利认为，认知革命、农业革命和科学革命推动着约7万年的人类史发展，决定着人类发展的方向。认知革命发生在约7万年前至1.2万年前，农业革命发生在约1.2万年前至500年前，而科学革命在短短的500年间，使人类力量有了前所未有的增长。科学革命带来的重大变化数不胜数，但最具标志性的变化有两个：

一是人类对空间的拓展。在1500年之前，人类从未离开过土地。直到1522年麦哲伦完成了环球航行，人类的生存和发展空间才真正拓展到了海洋。1969年，人类登陆月球，将人类生存和发展的空间真正拓展到了太空。巧合的是，同年，阿帕网诞生，人类开启了建构赛博空间的虚拟之旅。从农业文明的陆地，到海洋、太空和虚拟空间，显示着人类生存和发展空间的拓展趋向。我国在农业革命时代取得了彪炳世界的文明，中国现代、当代文学较多承袭了农业文明的成果，而工业文学、海洋文学与之相比黯然失色。近年来，科幻文学佳作频出，在网络文学中也得到了承袭和发展。而蔚为大观的网络文学，极大拓展了当代文学的版图及当代文学的接受人群，体现了中国文学发展与人类生存和发展的同频共振。因此，理解网络文学，不仅要理解网络中的网络文学、文学中的网络文学、网络和文学中的网络文学，还要理解人类生存和发展空间拓展中的网络文学。只有在人类生存和发展空间拓展的趋向上才能看到网络文学诞生的宏观视野、根本原因和存在意义。

二是科学和技术联姻。科学和技术结合的力量是科学革命的根本驱动力。二者结合的力量被应用到社会的各个层面，这种力量成为人的延伸，是塑造世界、社会和人的主要因素。1620年培根发表了《新工具》（*The New Organon*），提出了知识就是力量。尤瓦尔·赫拉利对《新工具》评价颇高，认为该著作将科学和技术紧密地结合在一起，"是个革命性的想法"[①]，是前所未有的理论贡献。真正将科学和技术结合并广泛应用到生产中的是工业革命。工业革命从本质上说，是人类将科学革命的成果应用到工业生产领域，从英国的纺织业，扩散到整个欧洲、北美，席卷全球，形成了世界范围的工业社会，并随着商品和服务的极大丰盛和全球流通，形成了所谓丰裕社会（加尔布雷斯）和消费社会（鲍德里亚）。1973年，美国社会学家丹尼尔·贝尔在《后工业社会的到来：社会测试的一次尝试》一书中观察到，随着知识和技术在社会中的作用越来越显著，专业、技术阶级的崛起，美国的社会结构实现了从工业社会向后工业社会的转变。在丹尼尔·贝尔看来，后工业社会最显著的特征不仅体现在经济形态从商品制造经济转向服务经济，还体现在轴心原则上："理论知识居于中心地位，成为创新的源泉和制定社会政策的依据"[②]，并预测智力技术

---

① 尤瓦尔·赫拉利：《人类简史：从动物到上帝》，林俊宏译，中信出版社，2014，第251页。

② 丹尼尔·贝尔：《后工业社会（简明本）》，彭强编译，科学普及出版社，1985。

的创新和应用将成为社会发展的决定性动力和方向。

科学和技术的地位和作用越来越凸显，在塑形社会结构上起着极端重要的作用，越来越多的学者敏锐地观测到了这一点。其中信息技术和信息经济越来越改变着人们的生活，吸引着研究者的眼球。约翰·奈斯比特在《大趋势：改变我们生活的十个新方向》中明确判断，1956—1957年是美国社会的转折点，标志着工业时代的结束，信息社会的开始。[①]信息社会的崛起，最显著的标志是媒介全面侵入日常社会生活。媒介和信息的关系、媒介和人的关系、媒介和社会环境的关系成为麦克卢汉理解媒介的论述重点。伊尼斯、麦克卢汉、马克·波斯特、莱文森、林文刚等学者对媒介持续不断地关注和研究，形成了一个庞大的媒介环境学。从口语、印刷媒介（书籍、报纸、新闻、画报等）、电子媒介（摄影、电话、收音机、电视等）到网络等数字媒介，无数学者投身其中，或像鲍德里亚一样观察媒介，考察媒介对社会生产和消费的影响；或像麦克卢汉一样理解媒介，在历史的后视镜中描绘、阐释媒介，预测在媒介的形塑下未来社会的形象；或像阿多诺一样批判媒介，考察主体在媒介中的异化与变形。

在科学革命的大背景下，从来没有哪一项科学和技术像网络一样升级迭代之快、普及率之高、商业价值之大、应用范围之广。网络社会的形成在全球范围内已经成为一个共识。不管我们秉持什么样的态度，传媒社会、网络社会已经来临，并对

[①] 约翰·奈斯比特：《大趋势：改变我们生活的十个新方向》，梅艳译，中国社会科学出版社，1984，第12页。

文学艺术的生产、传播和接受施加着越来越重大的影响。当媒介技术被广泛应用到社会生活和文艺领域，便形成了新的生活环境、生活方式和文学艺术。本雅明率先论述了机械复制技术对既有文艺作品的影响，和促生的新文艺形式的特征。中国网络文学就是网络技术、网络商业化、网络大众化在文学领域的体现。

二、互联网发展史中的中国网络文学

在人类约7万年的历史中，互联网的诞生、发展不过短短半个多世纪的时间，中国网络文学的诞生、发展不过短短30年的时间，可是互联网是人类发展史这条河流中最波澜壮阔和最耀眼的浪潮，中国网络文学是其重要组成部分之一。因此更应该在媒介发展史中、在媒介虚构生产和消费中考察网络文学的来路和去向。

在媒介发展史中，印刷、摄影和互联网对现代社会与文化施加了变革性的重要影响。哈德罗·伊尼斯在研究加拿大政治、经济和历史过程中发现了媒介对国家和社会的模式意义和文化转型作用，他考察了传播偏向的规律及其对产业、文化和语言的影响，甚至传播模式能决定国家的兴亡。从口头、印刷、电子到互联网的媒介变革，互联网的诞生和发展具有更加颠覆性的意义。哈罗德·拉斯韦尔将传播行为的过程描述为"5W模式"，即谁（Who）、说什么（Says What）、通过什么渠道（In Which Channel）、对谁说（To Whom）、取得什么效果（With What Effect）。^①在媒介的传播过程中，每个环节的创新或改变都可能诞生一种新媒体。印刷改变的仅仅是"通过什么渠道"，摄影创新的是"说什么"和"通过什么渠道"，而互联网在传播行为的每个环节都发生了改变或创新，影响了迄今为止的所有媒体类型，并将之作为自己的内容。互联网不可避免地改变了全球的媒介环境、经济和文化，营造了一个网络社会。中国互联网经济和产业汇入改革开放的大潮，成为经济建设中最具活力的浪头之一。中国网络文学是人类发展中科学革命的背景下，媒介发展和变革的产物。网络文学由于中国伟大的改革开放史和独特的媒介发展史，电子媒介和网络媒介同时融合发展，成为和美国好莱坞、韩国电视剧、日本动漫并称的世界四大文化现象。

在互联网引发的全球性媒介变革中，所有文化和艺术形式都向着互联网介入的媒介生产、存储、传播、消费模式转变。就像美国好莱坞、韩国电视剧、日本动漫是由于电子媒介的介入而形成的新文化和新艺术一样，中国网络文学由于互联网介入而形成新的文学产业、新的文学生产和消费现象。网络文学是中国互联网商业、文化和制度创新的一部分，是新媒介文艺生产的一部分，是科学革命时代最前端潮流的一部分，在互联网发展的每一阶段，均有新发展、新变化和新面目。

20世纪90年代初期，中国网络文学发源于北美华文网络文学。在改革开放的大潮中，中国在1980年左右兴起了留学潮，中国留学生纷纷走出国门，在更加开放和更加阔大的视野

---

① 拉斯韦尔：《社会传播的结构和功能》，何道宽译，中国传媒大学出版社，2012。

中走向世界。在北美的中国留学生遇见了早期互联网，在英文互联网环境中探索中文的输入、传输和显示技术，利用当时的电子邮件、电子邮件列表、新闻组、网页等早期互联网免费应用，创造了最早的中文网络媒体、中文电子期刊，一方面将印刷文本转化为电子文本，实现了印刷文本在早期互联网中的新媒介传播；另一方面克服了技术上的障碍，在新媒介上创作诗歌、散文、小说等，在不具备传统报刊发表和书籍出版的环境里拓展了文学创作的空间，在新的赛博空间探索当代文学的新向度，最早呈现了网络文学的第一副面孔。[①]早期互联网阶段的网络文学区别于传统文学和纯文学的媒介新质就在于新媒介的传播（即拉斯韦尔所谓媒体传播渠道创新）。

1994年，中国接入国际互联网，成为世界上第77个拥有全功能互联网的国家。中国加入互联网的时间并不晚，互联网技术的探索、互联网用户的普及、商业模式的应用和互联网产业的创新从奋力急追到领先世界，其良好环境和用户基础为网络文学的长足发展打下了坚实基础。在中国互联网1.0阶段，中国互联网的商业化、制度化和技术探索方兴未艾。这时期的网络个人应用，主要集中在即时通信、网络游戏和社区论坛。这时期的中国网络文学，主要生长和蓬勃于论坛、个人网页等网络媒体，金庸客栈、榕树下、清韵书院、龙的天空、西祠胡同等是突出代表。在中国互联网1.0阶段，互联网基础设施建设越来越完善，逐渐覆盖全国，网络用户从1997年的62万增

---

① 笔者曾在《网络机制视阈下网络文学的三副面孔》中详细论述了网络文学在早期互联网、论坛时代和高塔时代等不同发展阶段的三副面孔。详见王金芝：《网络机制视阈下网络文学的三副面孔》，《粤海风》2021年第1期。

长到2001年的3370万，网络媒体发挥的作用和在社会上引发的影响与传统媒体几乎并驾齐驱，商业化的浪潮一波接着一波，互联网企业探索、应用诞生了越来越多的商业模式。在新的媒介环境中，中国网络文学将主流文学场无法容纳的庞大的文学爱好者群体转移到网络，网络文学生产异常繁盛，形成了中国网络文学的论坛时代和第二副面孔。以榕树下为例，榕树下聚集了一大批优秀作家，培育出一大批优秀作品，打造了一个异常响亮的文学品牌，举办网文大赛，发表陆佑青的《死亡日记》，成为当时世界上最大的中文原创文学网站。榕树下创始人朱威廉最大的期望就是将榕树下打造成网络上的《收获》。和北美华文网络文学相比，论坛时代的网络文学不仅在传播渠道上，还在生产主体、网络文学用户等方面体现着新媒介的特质。论坛时代的中国网络文学，形成了浩浩荡荡的新媒介生产，和全球新媒介生产大潮合流，并在不久之后试验出适合网络文学的商业模式。

中国互联网2.0阶段是互联网的社会化时期，中国互联网3.0阶段是互联网的即时化时期，互联网的社交、即时和空间属性越来越凸显。中国互联网持续快速的普及①、全球领军互联网企业的崛起成为中国网络社会形成的重要基础。这时期移动互联网技术日趋成熟，互联网和各行各业紧密结合，商业和经济模式推陈出新，博客、视频、微博、微信等网络应用和人们的日常生活无缝连接，中国成为世界上最大的网络社

① 中国互联网用户在2003年、2008年、2015年、2021年分别为7950万、3亿、7亿、10.32亿，互联网普及率越来越高；2012年6月中国互联网用户（5.38亿）超过美国互联网用户（2.45亿）两倍以上。

网络文学：媒介、文本和叙事

会。2003年，起点中文网成功试行VIP收费阅读，并在全行业推广，这一事件标志着中国网络文学在互联网商业化、产业化的大潮中建立起了完整的网络文学生产—消费体系，并在网络文学生产—消费体系的调节和规范下，形成了网络文学类型文本数据库。至此中国网络文学的文学生产、存储、传播、消费等全部具有了新媒体基因。中国网络文学生产—消费体系的建立，使网络文学用户的文学需求、趣味和欲望成为文学生产的主要动力和目标。2003年VIP收费阅读之后，网络文学IP经营、免费阅读等商业模式相继涌现，越来越多的网络作家、网络文学企业或平台、网络文学用户和大资本涌进这个行业，形成了庞大的文学产业。中国网络文学的生产—消费体系在互联网上形成了一个生态系统，不再是早期互联网时期的电子文本，也不再是互联网1.0阶段的论坛狂欢，而是形成了一个良好的网络生态，具有了互联网新媒体的结构和属性。

从电子文本和电子期刊、蓬勃发展的网络文学生产空间到网络文学类型文本数据库，中国网络文学越来越深地被快速发展中的互联网介入，最终成为互联网文化的有机组成部分，形成了互联网特有的结构和形式。中国网络文学在中国互联网的普及化、商业化、产业化、大众化中崛起，并得以发展出凸显了网络文学之所以是网络文学的本体特征。

三、互联网变革中的网络文学新趋向

随着互联网的发展，中国网络文学的潮流将往哪里去？

要考察中国网络文学的发展趋向，首先要观察互联网的发展潮流，因为伊尼斯早就在《传播的偏向》中揭示了媒介总有偏向的特性，比如有的媒介（报纸、书籍等）适宜内容（文字、文学、文化等）在时间上的纵向传播，有的媒介（笨重的难以移动的石头、竹简等）适宜内容在空间上的横向传播，有的媒介（口头语言、收音机等）偏向声音，有的媒介（印刷文本、电视、电影、摄影等）偏向视觉……互联网是一种综合性的数字媒介，它将一切能被数字化的事物囊括其中，形成了一个和现实世界一样庞大的虚拟世界，促使、吸引人类将越来越多的生活放置其中，并持续不断地往虚拟世界迁徙。虚拟世界是现实世界的数字化，但绝不是现实世界的镜像，而是从现实世界出发的，和现实世界既交互又对峙的，由人类创造的另一个世界。从2021年开始持续火爆的元宇宙现象就是人们对这个虚拟世界的向往。虚拟世界在网络时代蔚为大观，但虚拟生产从口传时代已经肇始，网络文学叙事生产成为新媒介虚拟生产的重要组成部分，其叙事生产的方式和故事成为影视、动漫、有声书、短剧、游戏等叙事再生产的重要原材料。

　　网络文学诞生之初有着命名的焦虑和遗憾。之所以焦虑，是因为在个人电脑上显示的网络文学文本和在书籍、报刊上显示的传统文字文本看上去并无区别，而网络文学的创新性、先进性无法显现；之所以遗憾，是因为学界普遍认为网络文学并无新媒介应该具有的实验性、先锋性。这种焦虑和遗憾一直持续到网络文学在网络商业化的大潮中找到了真正带有网络特质的商业模式。2003年VIP收费阅读商业模式经过起点中文网、盛大文学的推广，在全行业普遍适用。在VIP收费阅读调节下

　　　　　　　　　　　　　　网络文学：媒介、文本和叙事

的网络文学，形成了中国网络文学创作的第一次大潮（即超长篇类型小说的繁盛），涌现了网络类型叙事创新，促进了网络类型的细分与融合，形成了网络文学故事类型和类型故事的超级类型文本数据库。网络文学类型文本数据库如此庞大（至2021年网络文学存量作品超过3000万部），受众多达数亿（至2021年底，中国网络文学用户5.03亿[①]），不仅对其他艺术形式的虚构生产产生了深刻影响，还形成了新的商业模式：网络文学IP运营，更形成了浩浩荡荡的网文出海现象。

网络媒介的复制性技术和虚拟现实技术绝不会允许网络文学只有文字文本这种电子文本形态。最近，互动阅读融合文本产生了，尽管互动阅读呈现的这种融合文本存在是文学还是游戏的争议。互动阅读融文字、画面、声音、影像、游戏于一炉，在类型小说、文字文本的基础上，发展为声音小说、视觉小说，这显然体现了网络媒介的融合发展趋势。

互联网的发展趋势是和虚拟现实技术、人工智能技术融合，形成一个囊括更广的，更具创新性、沉浸性和扩张性的虚拟世界。在这个潮流中，架构这个世界的必定是科学和技术，丰富这个世界和形塑进入虚拟世界人类的必定是网络文学。因为没有精彩故事的虚拟世界和虚拟人类该多么无趣。

除了类型创新和文本融合，中国网络文学的另一个趋向是由大众走向经典。这里的"大众"指的是网络文学用户。网络文学用户随着网络的推广和普及持续增多，据《第49次中国互联网络发展状况统计报告》，至2021年底中国网民规模达

---

① 中国作协：《2021中国网络文学蓝皮书》，《文艺报》2022年8月22日，第3版。

10.32亿，互联网普及率达73.0%，中国网络文学用户达5.03亿，占网民整体的48.6%，且在2017—2021年，网络文学用户占网民整体的比率一直保持在这个水平（最低为2020年12月的46.5%，最高为2018年12月的52.1%）。伊尼斯曾考察过纸张和印刷机的媒介偏向及其对国家、宗教、文化、语言和文学的影响。他发现，现代印刷术在欧洲造成了拉丁语的瓦解、俗语的上升和《圣经》的世俗化，及欧洲各国通俗文学的勃兴。[①]这是一个普遍趋势，中国也不例外。雕版印刷、活字印刷和纸张最早由我国发明，并辗转传到欧洲。但是直到近代经西方改良的现代印刷技术才重新由欧洲传入我国。白话文运动的开展、现代文学的发生都和现代印刷媒介环境的形成与发展息息相关。在中国更显而易见的事实是，从现代印刷媒介、电子媒介到网络媒介，所涉及的读者、观众、听众、用户越来越多，至网络社会达到顶峰。互联网用户的低学历化趋势十分明显，互联网用户的学历结构从1998年6月的大学本科以上占比58.9%，大学本科以下占比41.1%；到2020年12月底本科以上占比9.3%，大学本科以下占比90.7%，[②]可见变迁之大。这也说明，我国互联网的普及达到了非常高的程度，可以说达到了最大限度的大众化。中国文学的变迁是一个逐渐俗语化、通俗化、大众化的过程，网络文学所形成的拥有几十种细分类型的庞大类型文本数据库就是大众趣味和当代文学之间相互反馈的结果。

　　"2021年网络文学海外市场规模突破30亿元，海外用户

---

① 伊尼斯：《帝国与传播》，何道宽译，中国人民大学出版社，2003年。
② 以上数据均来自于中国互联网信息中心（CNNIC）。

　　　　　　　　　网络文学：媒介、文本和叙事

1.45亿人。"①从北美起源，到海外传播，网络文学用户在世界范围内的人数不容小觑。至2021年网络文学全球用户6.48亿，如果这个数字被视作一个国家的人口，将排在全球第三位。网络文学存量作品超过3000万部②，仅从网络文学作品数量和用户人数，就能推断出网络文学大众化的程度前所未有。

在网络文学大众化取得前所未有的成果时，网络文学也暴露出文体单一（超长篇类型小说一家独大）、小说创作手法和表现方法单一、流行作品众多而经典作品稀少等问题，甚至随着网络技术的发展，互动阅读的融合文本尽管综合了更多的表现形式，以文字、声音、动画、游戏、图像等多种手段共同呈现情节、塑造人物、传递情感，但是也使网络文学更加远离了文学。不管网络文学之后在多大程度上借助技术进行叙事，形成怎样的文本，甚至和传统文学、纯文学的文本形式、价值追求和意义体现多么迥然不同，但是要建构网络文学的评价体系，显然需要生产更多的经典文本，彰显网络技术时代的文学高峰。

要弄清楚中国网络文学从哪里来、到哪里去是一件不容易的事情。在人类发展史的视野中，网络文学是科学革命时代潮头上的一朵浪花；在媒介发展史的视野中，网络文学是壮阔大河的一个潮头；在网络发展史的视野中，网络文学是一条奔流不息、生机勃勃的大江。怎样描绘这条江河，怎样理解网络文学，怎样建构恰当的网络文学评价体系，是网络文学批评不得不解决的迫切问题。

---

① 中国作协：《2021中国网络文学蓝皮书》，《文艺报》2022年8月22日，第3版。
② 同上。

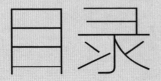

目录

Contents

媒介与形态

媒介与形态

网络机制和网络文学的三副面孔

"我们掌握的媒介有着惊人的成长，其适应性、准确性，与激发的意念、习惯，都在向我们保证，不久的将来在'美'的古老工业里会产生彻底的改变。"[①]每次技术的发展和媒介的革新，都能引发人们对自己和身处世界之间的深入思考。当摄影技术滥觞时，本雅明很快注意到了精确的摄影技术赋予世界的神奇价值；而苏珊·桑塔格在《论摄影》中指出，摄影是一种观看世界的语法和伦理学。当电子媒介开始盛行，尤其是网络全面覆盖这个社会的时候，一个全新的社会经济形态已然形成，一些哲学家和社会学家敏锐地感知到这一巨变，纷纷宣称一个新时代的来临，将之称为"传媒社会"（迪伯德）、"景观社会"（居伊·波德）、"消费社会"（鲍德里亚）、"后工业社会"（丹尼尔·贝尔）等。伴随着网络和计算机成长起来的网络文学，是媒介变革和媒介融合的产物。在网络发展日新月异并全面影响当下社会的今天，我们面对由网络催生的文学之变局，不能不凝视媒介机制本身的特性，及其对文学产生了什么样的影响。恰如巴赫金所言："在语言的自身中研究语言，忽视它身外的指向，是没有任何意义的，正如研究心理感受却离开这心理感受所指的现实，离开决定了这一感受

---

① 保罗·瓦雷里：《遍在的征服》，转引自瓦尔特·本雅明《摄影小史》，许绮玲、林志明译，广西师范大学出版社，2017，第62页。

的现实"①，而网络文学最大的现实是"网络"，即网络的诞生、发展及变化给中国文学带来的影响和变化。如果仅仅从文学的视角观察网络文学，必然无法窥见网络文学的全貌，无法体察网络文学的形态面目和根本特征。本文从媒介和网络文学发展史的角度介入，尝试描绘网络文学的形态和生产机制变化的轨迹，论述文学与网络（媒介）之间的冲突和融合。

一、市集想象和网络文学的第一副面孔

英国历史学家尼尔·弗格森在《广场与高塔》中以全球视野论述了人类漫漫历史中各种有形和无形的网络，从宗教秘密组织，到战争情报机构，就连等级制度本身也是一种森严的特殊网络。在19世纪末之前，很少有人会使用"网络"这个词②，但这并不意味着19世纪末之前没有网络。人类社会本身就是一个巨大的网络，而不管是政治、经济、军事和外交，无一不处在自身所在体系的网络中。但是以数字为基础的计算机网络，涵盖了自1800年以来各类媒介之长，数字技术的快速发展将电报、电话、广播、报纸、电视、通信卫星等人际媒介涵盖其中，集图、文、声、像于一体，载体越来越小，界面越来越易于操作（移动端设备手机、平板等越来越简单明了

---

① 巴赫金：《长篇小说的话语》，载钱中文主编《巴赫金全集（第3卷）》，河北教育出版社，2009，第73页。
② 尼尔·弗格森：《广场与高塔》，周逵、颜冰璇译，中信出版社，2019，前言第Ⅶ页。

的界面设计，达到了幼童动动手指也能操作的程度），虚拟现实技术使得虚拟和现实的界限越来越模糊，并最终融为一体。计算机网络已经改变了人们的生活、商业和交往方式，成为人类生活中如影随形、不可或缺的一部分，而诞生于其间的网络文学，恰恰是媒介变革引发的结果。网络文学批评界有学者将网络文学界定为"通俗文学"，"就可以在一个历史脉络中考察网络文学的性质、特点以及它在中国文学史上的地位和意义"[1]，以便于将网络文学置于雅（俗）的文学框架中定义和讨论。网络文学业内自豪于网络文学的作品数量之巨与受众之广，认定"网络文学是主流文学"[2]，试图和当代承接印刷出版传统的传统文学一较高下。其实二者之争及二者之别关键在于媒介。从印刷文字到赛博空间，传统文学、纯文学和网络文学都以文本（文字）为主要形式，网络文学似乎是传统文学、纯文学的电子版。赛博空间的文字和印刷文字不同的是，它们根底上是数字语言，而非文字语言。在现代数字计算机之前，几乎所有计算和传播媒介都是模拟的（温度计、钟表、计量器等），计算与模拟相较更加精确。和我们日常采用的十进制不同，数字语言采用的是二进制，在二进制里只有0和1，逻辑上只有是和非，便于机器的识别。对于机器而言，图、文、声、像的区别仅仅在于大小（比特的数量），而普通人根本无法识别数字语言，必须通过一系列的编译将数字语言转变为我们常用的图、文、声、像。从计算机呈现的文学文本到人们阅读计

---

[1] 李敬泽：《网络文学：文学自觉和文化自觉（网络文学再认识）》，《人民日报》2014年7月25日。

[2] 侯小强：《网络文学到底是不是主流文学?》，《新京报》2009年2月11日。

算机呈现的文学文本，实际上已经进行了人类语言到数字语言、数字语言到人类语言的两次转换。在转换的过程中，文学尤其是文学语言，必定会受到一定程度的影响。而计算机载体（硬件）、应用程序（软件）的快速更新等变化，也影响了网络文学的形态，而更重要的是，资本和网络（技术）的结合给网络文学场域带来了更大的影响。

计算机发明之初，并不是为了传递信息，而主要是为了模拟和计算。最早的阿帕网（ARPA Net）便是单一、封闭的网络，计算机之间如果要传递信息，则必须实体相连。相较于世界上最大的通信网络电话，当时的阿帕网的信息传递能力尚不值一提。20世纪70年代至80年代末，计算机主机的数量有了较大增长，出现了将所有计算机连接到一起的体系，这就是如今互联网的雏形。1991年当林纳斯系统（Linux）开始广泛应用的时候，人们似乎预见到计算机开启了一个自由、开放的世界。程序员埃里克·斯蒂芬·雷蒙（Eric Steven Raymond）在《大教堂与集市》（*The Cathedral and the Bazaar*）一文中将林纳斯系统想象成一个自由和开放的软件系统，全世界的程序员自觉维护、修补这个系统，每个人都可以自由地使用系统里的资源，并天真地认为系统的开源性使之避免陷入"公地悲剧"。他将免费、自由和开源的林纳斯系统比喻成"集市"，以区别于以往"大教堂"式集中的权力世界。在网络商业化之前，以埃里克·雷蒙为代表的计算机信息从业者，为人们描绘了一个美好、自由而无节制的信息乌托邦。事实上，网络确实使人与人之间的联系更加紧密，交流更加畅通，缩短了空间和时间的距离。1967年就职于哈佛大学的社会心理学家斯坦利·米尔格拉姆（Stanley Milgram）做了一个实验，证明了任意两个人之间的距离是5.5个中间人，即"六度分隔"理论。据统计，"对于脸书的用户来说，这个数字从2012年的3.74人，下降到了2016年的3.57人"[①]。

　　恰在人们对计算机网络抱有自由、开放、去中心化的市集想象之时，网络文学萌芽了。现在能够追溯的第一个中文网络媒体，是在美国印第安纳大学出现的名为alt.chinese.text（简称ACT）的网络新闻组（Usenet）。网络新闻组是在互联网和浏览器出现之前比较常用的网上讨论组，是一种大规模的、分布式的、多中心的远程信息交换手段和方式。网络新闻组一般由命名和分类不同的八大一级主题组成：一是与计算机相关的主题，一般命名为"comp."；二是关于艺术、文学、哲学等人文学科的主题，一般命名为"humanities."；三是与科学相关的主题，一般命名为"sci."；四是关于社会问题的主题，一般命名为"soc."；五是一些与争议性话题相关的主题，一般命名为"talk."；六是关于新闻组自身的主题，一般命名为"news."；七是关于休闲娱乐的主题，一般命名为"rec."；八是不属于其他分类的主题，一般命名为"misc."。在这八大主题之外，大约在1987年，新闻组里出现了主题更加驳杂、内容更加庞大的"alt."，"alt."比"misc."还要混杂斑驳，包含各式各样的程序、视频、音频、图片和文字，被称为自由讨论区，在这个主题里，用户可自行设立讨论区，自行发起主题。ACT就是这样一个采用简体和繁体中文，以传递信

---

① 尼尔·弗格森：《广场与高塔》，周逵、颜冰璇译，中信出版社，2019，第32页。

息为主要内容的"alt."主题网站。ACT的用户主要是来自中国的留学生，他们在这里聚集，发表各类有关生活、读书、文学、交流等内容驳杂的信息。据方舟子回忆："也正因为三教九流毕集，而又不限论题，才使得ACT的张贴如此丰富多彩：有在那里进行政治宣传和反宣传的，有传教和反传教的，有发表文学创作的，有抄书的，有聊天的，有感慨的，有吵架的，有骂大街的，有讲故事、说笑话的，有交流日常生活经验的，有对对联、猜谜的……甚至还有进行学术交流的……"①在这个非主流的赛博空间，最多的时候有8万多留学生在此聚集。互联网的一个连接点，承载了他们的乡愁，拉近了他们与家乡的距离，更促进了他们彼此之间的联系。这时候的ACT，恰如埃里克·斯蒂芬·雷蒙所描述的自由、开放、去中心化的市集，众声喧哗、热闹非凡，自由而方便地传递信息，华文网络文学的第一批作品就隐藏在这个小小的市集里。1993年10月，ACT的活跃分子、网络文学作家图雅为网络期刊《华夏文摘》选编《留学生文学专辑》，保留了一部分这时期的作品，但更多的作品被湮没于浩瀚无际的信息世界中。这一批作品萌芽于ACT，又随着网络新闻组的衰落而流散于网络之海洋，网络世界一边让人享受着去中心化的自由，一边让人承受着因无人关注而注定归于寂寥的命运。这些作品的萌芽和繁荣均得益于网络媒介，和网络同气连枝，它们既是文学作品，更是ACT新闻组上的信息，其文学性被掩盖在众声喧哗的信息性中。

---

① 徐文武：《论中国网络文学的起源与发展》，《江汉石油学院学报（社会科学版）》2002年第1期。

最早的中文电子期刊《华夏文摘》和《新语丝》，都以邮件列表（Mailing List）的形式发行。邮件列表是互联网比较早期的社区形式，用于群体之间的信息交流和发布。邮件列表本质上是一对多发送电子邮件，可以作为消息订阅，也可以用作团体间的讨论。《华夏文摘》由《中国电脑网络新闻》编辑部主办，而《中国电脑网络新闻》主要编译中国新闻。《华夏文摘》"于1991年4月5日在美国创刊，初为文摘型综合性网络杂志，发刊词称'注重新闻性、趣味性、知识性和资料性'。后兼有大量原创内容，目前可考的第一篇中文网络原创杂文、文学评论、小说均发表于此"①。《华夏文摘》仅仅刊登了一部分文学作品，和被湮没在ACT新闻组中的早期网络文学作品一脉相承，但是毕竟为早期网络文学作家提供了发表作品的园地和互相交流的平台。不久之后，方舟子看出其中的弊端，"多为随意贴出，过于分散，且不能为网外人士所了解""存档丰富，但过于庞杂，不易个人保存和阅读"，并提议出版一份"本网所属的，发表新作、整理旧作的，发行网内外的杂志"②。经过酝酿，1994年2月《新语丝》创刊。从《新语丝》的名字即可看出，这份电子期刊一方面显示了媒介之"新"，"吐语成丝，连成中文网"③；另一方面显示了海外留学生们在新媒介时代回归新文学传统的努力。1924年，

① 邵燕君等：《网络文学网站和关键词词条连载（一）》，《网文新观察》（电子刊）2020年4月10日。

② 徐文武：《论中国网络文学的起源与发展》，《江汉石油学院学报（社会科学版）》2002年第1期。

③ 同上。

周作人、孙伏园等人创办的《语丝》，是采用白话的新文学园地，发表了不少蕴含"自由思想、独立判断和美"的杂文、散文，兼及民俗学、民间文艺、宗教学、外国翻译等论文。而《新语丝》在网络媒介时代，模仿传统期刊，开设《卷首诗》《牛肆》《丝露集》《网里乾坤》《网萃》等栏目①，发表原创诗歌、散文、短篇小说、文史小品等文学作品，有意无意中显示了新媒介时代文学传统的承续。1995年3月，网络诗刊《橄榄树》创刊，国际统一刊号"ISSN 1082—9091"，专门刊登新诗和旧体诗；1997年后将诗刊改为发表各类文学作品的同仁文学刊物，其网页设有香港镜像站点，通过网站"现场"②、电子邮件等方式发行，编辑部由义务编辑组成，接受社会捐赠，自我定位为"非牟利""纯"文学刊物，并强调"它不依赖于文学之外的任何外在因素而存活，从而提供一个天然的基础，来抵御非文学因素的干扰以至于入侵，尤其是纷乱的政治因素和唯利是图的商业因素的影响，从而守得住文学艺术的基本尊严"，以避免"文学成为去批量生产一些'文学'产品，或者沦落为在政治或者商业强权屁股后面摇尾巴的乖乖小狗"③。可见《橄榄树》是一份网络发行的纯文学刊物，极力避免政治或商业因素对文学的影响，网络仅仅作为发

---

① 这些栏目徐文武、邵燕君等均有提及，栏目内容可相互印证，《牛肆》主要刊登随笔、杂感；《丝露集》主要刊登文学原创作品，《网里乾坤》主要刊登文史小品，《网萃》主要刊登个人专辑或专题讨论。

② 橄榄树文学站：Olive Tree, A Chinese literature site, http: //wenxue.com/gb/, 2002年12月25日—2020年4月27日。

③ 揭春雨：《我们的编辑是怎样工作的》，http://wenxue.com/gb/200101/editorial.htm, 2001年1月—2020年4月27日。

行渠道。通过《橄榄树》"现场"网站，可看到刊发的体裁有小说、诗歌、散文、文学批评、剧本和翻译，现在"现场"网站可查阅到"现场"2000年11月—12月、2001年和2002年1月—4月的内容，《橄榄树》月刊2001年1月—8月、2002年4月、2003年6月—7月的内容，从2004年7月6日该网站不再更新。1996年1月，花招公司创办《花招》海外女性网络文学月刊，以特立独行的姿态，彰显女性立场，追求文字实验、文字游戏、文字堆砌的极限，体现现代汉语的限度和优美。花招网站设有杂志系列、生活系列、文化系列、专栏系列、女作家文库和花招论坛，显示了其建立女性文学、生活和文化社区的努力和愿景。

早期互联网寄寓着人们对自由、开放、去中心化乌托邦的想象和实践。《华夏文摘》《新语丝》等电子文学期刊以新闻组、电子邮件等新形式发表、发行，承续新文学传统，促成了新文学在新媒介传播时代的文学新样式的诞生。而《橄榄树》《花招》在短短5年之间，从ACT眼花缭乱的信息中择出文学，单列成刊，从文摘到原创，从综合性文摘到诗刊、女性文学专刊，在新媒介中对汉语文学做了多个方向、多个维度的实验和尝试。《华夏文摘》《新语丝》《橄榄树》和《花招》等电子文学期刊在互联网一日千里的发展中逐渐没落，甚至被埋葬在互联网纷繁的信息中。它们的没落和乏人问津，更深层的原因在于新旧媒介的冲突，且其在新媒介传播的条件下采取的摒弃商业性的"纯文学"立场，和网络机制产生了根本性的矛盾。马歇尔·麦克卢汉在互联网未曾出现的时候已经预言了其诞生，"媒介即信息"精准预言了新媒介的作用机制。"媒介即信息只不过是说：任何媒介（即人的任何延伸）对个人和社会的任何影响，都是由于新的尺度产生的；我们的任何一种延伸（或曰任何一种新的技术），都要在我们的事务中引进一种新的尺度”①。而《华夏文摘》《新语丝》《橄榄树》和《花招》等电子文学期刊虽然利用新媒介传播，却坚持“纯文学”的小众立场，摒弃商业化，背网络发展之潮流，未能和新媒介的“新尺度”合谋，造成了纯文学之“小众”和网络信息快速传播之“大众”、纯文学之“不变”和网络发展之瞬息万变的内容和媒介之冲突。随着互联网的大量应用和普及，网络用户的持续快速增加及互联网技术和应用的更新迭代，互联网技术和用户产生了更加深入的化学反应，催生了新的商业模式和文学样式。因应早期互联网技术和软件应用、用户人群的网络文学，如果不随之变革，必将被掩埋在互联网的历史尘沙里。如果我们继续顺着网络的发展脉络考察，网络文学的很多现象都在发展中得到了呈现和阐释。

二、广场机制和网络文学的第二副面孔

互联网通过TCP/IP协议将世界上不同位置、规模和类型的封闭网络连接在一起，形成了一个网络之集合，即网络之网络，融合现代通信技术和计算机技术，使得世界上的信息资源为用户共享。互联网就像一个超级数据库，里面有各个

---

① 马歇尔·麦克卢汉：《理解媒介：论人的延伸》，何道宽译，译林出版社，2011，第18页。

领域、行业的信息和资料，但是怎样才能找到这些信息和资料呢？1991年万维网（World Wide Web，简称WWW、W3、web、环球网等）的成功应用，仿佛在互联网上安装了一个搜索引擎，通过它可以连接到互联网上的任意信息，这样互联网这个超级数据库才能发挥应有的作用。万维网的这一服务功能，打开了互联网上各类应用程序及其服务的匣子，浏览、搜索、社交、电子商务等应用程序和网站如雨后春笋般涌现，促使互联网发生了两项重大变革，即进入家庭和商业化。随着中国互联网的兴起，个人计算机（Personal Computer，简称PC）在工作和家庭中的使用人数日益增多，万维网引发的互联网应用程序和服务领域的拓展，中国网络文学开启了网络论坛（Bulletin Board System，简称BBS，又译电子公告板）模式。1996年起，国内的网络论坛以惊人的速度成长起来，很多垂直大型网站往往设置论坛吸引用户，网民都能根据自己的兴趣爱好找到喜爱的论坛。1996年金庸客栈成立，1998年南京西祠胡同创办，1999年QQ推出，天涯论坛在海南成立，2000年博客进入中国，2005年腾讯推出QQ空间，2006年校内网（人人网）和19楼空间上线，2009年新浪微博上线，2011年微信上线……回顾1996年以来的历程，网络论坛和社交网络共同成长。这更是网络论坛在中国从生根发芽到蔚为壮观的转型突围的过程，爱好文学的用户也自动在网络论坛集结。而此时的网络论坛，是一个供大家聚集互动的非正式公共空间，宛若我们周边最常见的大广场，大家在休闲时刻在此聚集，或运动，或唱歌，或跳广场舞，根据各自的兴趣爱好选择不同的聚集点。而蓬勃发展的网络论坛将分散在不同地域但兴趣爱好相同的网友聚集起来，发帖、跟帖热评，在时事热点、八卦娱乐等方面聚集热评热议。随着计算机的家庭化和网络的普及，网络逐渐从科研和单位普及家庭和普通大众。网络论坛有比较强的社区功能，网民自愿发帖、跟帖，推出一个个热议话题，成为人们休闲、娱乐、闲聊的公共广场。从自由的集市到热闹的广场，网络文学从集市的信息中脱胎而出，又在网络论坛的广场上狂欢。

金庸客栈于1996年成立，为利通四方（新浪前身）网站垂直兴趣论坛，分属历史文化社区，网友自主发起话题，以金庸武侠为中心的讨论发帖、文化文学评论和小说创作为主。现在该网站已经无法打开，《金庸客栈十年（1997—2007）》为新浪论坛十周年庆典丛书，保留了金庸客栈网友当时发文的形态和样式。今何在是该书院的重要作者，于2000年在该论坛连载《悟空传》，《悟空传》被誉为"网络第一书"。稍后清韵书院（www.qingyun.com）于1998年2月成立，设有文学、艺术、饮食文化、武侠、科幻、影视、民俗等多个主题。每个主题下网友均可自行发帖、讨论作品、组织活动等，倡导网络原创作品。该论坛同时发行《网络新文学》电子期刊，作者有燕垒生、匪嫁、猫眼看人、张进步、江南、沧月、小椴、柳隐溪等人。新浪博客"清韵书院的博客"①最后的更新时间为2006年3月8日，转载清韵书院的文章，多为散文杂谈，语言清新活泼，宛若闲谈，电影、时事、饮食、主题散文较多，小说较少。2002—2003年间，清韵书院推出"清韵书系"，

---

① 清韵书院的新浪博客，http://blog.sina.com.cn/qingyunzhoukan，2006年3月8日—2020年4月29日。

有《此间的少年》《私人行走》《私人味觉》等同人小说，游记和美食等书籍出版。清韵书院于2004年1月在长江文艺出版社结集出版《2004年中国网络文学精选》，收录的皆为网友在清韵书院原创的网络文学作品，有短篇、中篇小说，散文、杂文等体裁。1997年12月25日，美籍华人朱威廉创立榕树下个人主页。1999年8月，上海榕树下计算机有限公司成立，榕树下从个人主页转为公司运营，并组建编辑部，团队成员有路金波、宁财神、陈村、安妮宝贝等人。榕树下采取编辑审稿制，用户可免费阅读，邢育森、韩寒、蔡骏、今何在、步非烟、沧月、燕垒生、郭敬明、饶雪漫、方世杰等网络作家在此集结，形成了榕树下网络文学现象。榕树下鼎盛时期"拥有450万注册用户，每日投稿量在5000篇左右，另有300多万篇存稿"[1]。2002年，贝塔斯曼收购榕树下，榕树下在2017年6月停止更新。在网络文学的广场时代，榕树下形成了声势浩大的影响力：1.榕树下栏目设置为长篇小说、短篇文学和排行榜，另有文学社团、作品库、书评人等和读者互动的栏目，初期以短篇小说为主。据统计，都市、言情和青春题材小说占据了榕树下小说类型的65.9%，而历史、军事、悬疑和幻想类题材小说占比20.6%[2]，这和现在的幻想类题材占据主流形成明显对比，反映了榕树下网络文学的写实和纯文学倾向。2.举办四届网络原创作品大赛，邀请主流文学名家王安忆、贾平凹、陈村、余华等和网络文学名家宁财神、邢育森、安妮宝贝

① 王媛：《榕树下20年：风花雪月败给纸醉金迷》，《博客天下》2018年第1期。
② 郭静：《"榕树下"网站的文学生产机制及文学趣味的建构》，硕士学位论文，哈尔滨师范大学，2012年。

等任大赛评委，参赛者众多，在社会上产生了较大反响。3. 榕树下致力于营造都市青年文化和文学社区，网络原创文学都市题材占比较大，《死亡日记》（陆幼青）直面生死，其"人之将死，其言也善"激发了社会关注，引发讨论，而榕树下网络文学现场不管是在其繁荣兴盛时的吸人眼球，还是其轰然倒塌时人们的惊愕，都引发了人们对网络文学榕树下现象的关注和讨论。和清韵书院相比，榕树下在文学编辑、生产和盈利机制上更加成熟完备，主要依靠线上编辑审稿发表、线下出版等方式盈利。

天涯社区、龙的天空、西祠胡同、19楼空间等网络城市社区的成立、繁荣和转型，大体上也和中国网络论坛的从繁荣至衰落的轨迹相似。网络原创文学就在这些热闹的网络论坛中快速成长、遭遇瓶颈和寻求出路。金庸客栈、清韵书院、西陆、四月天、榕树下、龙的天空、天涯论坛、新浪读书、红袖添香等繁盛一时，"三驾马车"（李寻欢、宁财神和邢育森）、安妮宝贝、郭敬明、韩寒、当年明月、今何在、步非烟、沧月、燕垒生、饶雪漫等网络作家脱颖而出，同时都市、言情、青春、历史、军事、悬疑、幻想等类型文学逐渐形成。这时候的网络文学，在蔚为壮观的主流文学之外，在网络上开辟了一个文学广场，为在主流文学圈子外徘徊的文学爱好者们提供了区别于文学期刊和图书出版等传统印刷方式的写作和发表途径；这时候的网络文学，也为亲近网络爱好文学的网民提供了类型不一、口味繁多的文学文本。这些文本呈现出广场式狂欢化的特点。一是网络空间和民间立场。当时，网络论坛为网民提供了日常生活的另一个虚拟空间，以匿名的、互动的和非正式的民间立场区别于官方的、居高临下的和精英立场。他们在虚拟的广场聚集，依据自身的喜好阅读不同的文学文本。二是以世俗趣味为中心的文学权力初见端倪。这时期的网络文学，大多抛弃宏大叙事，往往以猎奇幽默的笔调叙事，呈现大众感兴趣的国外风光、都市异闻、青春孤僻、武侠世界等，追求轰动和趣味。广场时代的网络作家和作品在网络上具有超高人气，网站主要依靠线上聚集人气、线下出版等方式盈利，也有一些网络作家直接投稿到中国台湾或东南亚的出版社寻求繁体出版。

三、高塔生态和网络文学的第三副面孔

根据美国物理学家、网络科学学会创始人艾伯特-拉斯洛·巴拉巴西的研究，网络存在幂律特征。他的实验团队以网络机器人抓取网页获得数据，实验结果表明，"数百万的网页创建者以某种神秘的方式创造了复杂的网络，这个网络并不是个随机的宇宙。他们的努力合在一起，使万维网的分布避开了钟形曲线（钟形曲线说明网络是随机的），将万维网变成了符合幂律分布的特殊网络"[1]。在此之前，人们往往认为网络是随机的，程序员埃里克·雷蒙将林纳斯系统想象成一个开放自由的系统，就是建立在随机网络的基础上。如同著名的二八定律，网络幂律机制决定着网络的高度集中现象。在西方，苹果和微软将信息革命推向商业垄断；20世纪90年代中期，搜索

---

① 巴拉巴西：《链接：网络新科学》，徐彬译，湖南科学技术出版社，2007，第81页。

引擎、网络商店在西方网络世界兴盛起来，以谷歌、易贝和亚马逊等为首的互联网企业迅速发展壮大起来，形成了新的垄断和集中；21世纪网络社交风靡世界，脸书形成了有史以来的最大社交网络。1994年5月21日，中国科学院计算机网络信息中心完成了中国国家顶级域名（CN）服务器的设置，并在1995年向社会提供internet接入服务。自中国加入互联网大家庭，互联网发展也经历了自由化的想象、商业化的集中历程，BAT（百度、阿里巴巴和腾讯）三巨头的崛起印证了这一点。以搜索引擎起家的百度、以"让天下没有难做的生意"为使命的阿里巴巴、以社交和视频为中心的腾讯，纷纷在电子商务、网络社交、信息服务、视频音频、网络文学等行业建构了计算机信息时代新的商业模式。

从ACT喧闹的市集中发源，《华夏文摘》《新语丝》《橄榄树》和《花招》等电子文学期刊坚持纯文学创作，以新媒体方式传播，在媒介冲突中归于寂静，其遗迹残骸只能在互联网浩瀚星空般的网址链接中被掩埋。在网络文学的广场上，金庸客栈、清韵书院、榕树下、西祠胡同、龙的天空、天涯论坛等繁盛一时，在网络商业化和集中化的浪潮中，都因盈利机制和移动网络的兴起而或关闭，或改弦易张。在清韵书院逐渐没落之时，有网友将其归因于其文化调性和网友喜好相悖，只能在高不成低不就的尴尬中无人问津："在一般网民的心目中，清韵是个高门坎（此处的"坎"应为"槛"，原文如此——笔者注），在专业文化人的眼里，清韵却是个业余票友。清韵立志要做成以中国传统文化为主要内涵的的（此处多一个"的"，原文如此，为保持网络原状，均未改动——笔者注）专业垂直门户，最终却只能在网主喜好和用户需求，提高品位和贴近网民的怪圈中徘徊，高不成，低不就，不上不下，不尴不尬。那些曾经带来骄傲与荣誉的东西，如今却成了清韵甩不掉的历史包袱。"[①]这是一部分原因，当时网络文学的调性未能契合快速升级迭代的网络机制和新的网络传播机制，但是更直接的原因在于，网络文学论坛未能找到盈利的生产机制。网络文学开始摸索谋生之道，读写网率先尝试收费阅读。2003年不起眼的起点中文网成功运营VIP收费阅读，VIP收费阅读成为此后十几年网络文学网站收入的主要来源。春江水暖鸭先知，网络作家猫腻在接受北京大学中文系教授邵燕君的采访时说："我感受最深的就是VIP订阅制度。这是立身之本和根基，是这个行业能够生存并发展到今天的根本原因……VIP电子订阅直接让网络小说创作向长篇发展，定位也更加清晰，你就是商业化的东西。"[②]网络从PC端扩展到移动端（手机、iPad等移动设备），网络文学收费阅读又享受到移动端网络流量红利，收费阅读模式一发不可收拾。随着网络文学收费模式的全面应用，网站开始赢利，资本开始大规模进场，网络技术、资本和文学的结合和相互作用形成了新的网络文学景观，开启了网络文学场域的商业集中现象。

其一，网络文学网站呈现商业集中现象，网络文学产业迅速壮大。2004年，盛大文学以200万美元的价格收购起点中

---

① 《网络不认老字号满说清韵书院》，http://bbs.tianya.cn/post-no01-2717-1.shtml，2001年1月11日—2020年5月7日。

② 猫腻、邵燕君：《以"爽文"写"情怀"：专访著名网络文学作家猫腻》，《南方文坛》2015年第5期。

文网，吴文辉掌舵盛大文学。2009年，盛大文学收购欢乐传媒，而欢乐传媒包含着从贝塔斯曼手中收购来的榕树下。盛大完成了网络文学的第一次商业集中，大约占据当时网络文学全部份额的八成。2015年3月，腾讯以50亿元收购盛大文学，与腾讯文学合并，成立阅文集团。至2016年12月底，根据阅文财报，阅文集团平台共有530万网络作家，占中国全部网络作家的88.3%，文学作品8400万部，形成了网络文学超级数据库，完成了网络文学的第二次商业集中。

网络文学产业名副其实成为数字文化产业中的重要组成部分，其产业规模也在逐年攀升。据《2018中国网络文学发展报告》统计数据显示，在中国网络文学行业规模方面，2013—2018年重点网络文学企业主营业务收入（包括订阅收入、版权运营收入、电子硬件收入、广告等收入）分别为34.2亿、43.7亿、66.3亿、95.6亿、129.2亿和159.3亿，分别增长了39.4%、27.7%、51.7%、44.4%、35.1%和23.3%，市场规模快速扩大。相应地，以网络文学为中心的泛娱乐全产业链的产业规模更加庞大。2013年之后，移动端流量红利耗尽，网络文学收费阅读收入疲软，泛娱乐概念提出，IP成为关键词。在2014—2015年，大资本在网络文学场域频繁操作，纷纷以收购、控股、整合的方式布局，以IP为中心和突破口，致力于在网络文学泛娱乐全产业链中抢得先机。其中最引人注目的是腾讯、百度和阿里巴巴三家互联网巨头的三足鼎立，将网络文学、影视、游戏、动漫、有声书、出版等环节打通，翘首等待时机；完美世界实现了对百度文学的控股，强势将网络文学和游戏联合；中文在线、阅文、掌阅三家公司成功上市，多家网络文学网站获得投资；咪咕阅读、天翼阅读和沃阅读持续发力，中国移动、电信和联通打造移动端阅读平台。

在媒介、资本的共同作用下，网络文学场域完成了网络文学网站的商业集中和产业壮大，形成了一超（阅文集团）多强（晋江文学城、掌阅文学、百度文学、阿里文学、网易云阅读、豆瓣阅读、咪咕阅读等）的商业垄断局面，也形成了以阅读收入为主，版权运营收入快速增长的产业生态格局。

其二，商业和资本集中时期的网络文学，网络文学作品体量庞大和增速提升，但是在体裁和题材方面都显示了非常惊人的单一和集中。VIP收费阅读让网络作家有了安身立命的倚仗，在媒介和资本的双重影响下，网络文学网站形成了一超多强的商业集中和垄断格局，这时期的网络文学形态较之网络电子期刊时期的去中心化的集市形态和网络论坛时期众声喧哗的广场形态迥异。据《2018中国网络文学发展报告》，2015—2018年，网络文学作品累计分别达到1168万部、1413.1万部、1646.7万部、2442.1万部，2016—2018年的增长率分别为21.0%、16.5%和48.3%。在网络文学网站现行比较快速的审稿机制下，大大缩短了网络文学的生产流程，随着网络作家的大量加入，网络文学作品数逐年增多，在作品数量上达到了庞大体量。然而巨大的体量中绝大部分是小说体裁，而诗歌、短篇小说、散文、杂文、文学评论和翻译等在网络文学商业网站上鲜少见到。在篇幅方面迅速完成了超长篇类型小说的集中，平均篇幅超65.8万字，据《2018中国网络文学发展报告》，截至2018年完结的网络文学作品，10万字以内的作品比例仅有29.4%，超过10万字的作品比例高达70.4%。

2003年之后在网络媒介和收费阅读的双重塑形下，超长篇类型小说主要集中在幻想类题材，玄幻、悬疑、穿越、科幻、仙侠、历史等类型小说"你方唱罢我登场"，每年都会产生一种或者几种流行题材。虽然在类型融合方面不断推进，二次元等青年亚文化时常破圈，但是总体上长篇类型小说长期霸屏，成为网络文学主流题材。直到2016年左右，中国主流文学的多个重要奖项向网络文学开放，随着一批网络文学的获奖，以及文学管理部门针对网络文学幻想题材一家独大而倡导的现实主义题材创作，再加上网络文学IP影视改编的冲击，现实主义题材逐年增加。据《2018中国网络文学发展报告》，2018年现实题材在网络文学中占比65.1%。但是我们必须清醒地认识到，这里所谓的"现实主义题材"，完全被统摄在类型小说的框架中，网络作家为了迎合现实主义题材的倡导方向，将叙事时间提前到了当代而已，骨子里还是以类型叙事为中心的"幻想"和"意淫"。

其三，在资本、网站和流量向头部网站集中，网络文学作品向超长篇类型小说体裁和幻想类题材集中的同时，网络作家也形成了高塔结构。据《2018中国网络文学发展报告》，网络文学产业规模不断扩大，创作队伍也不断增多，至2018年网络作家达1755万人，其中签约作者61万，在签约作者中兼职作者占比61.9%，专职作者仅占比38.1%，仅23.2万人。而未签约的网络作家一般处于尝试写作状态。在收入方面，头部作家可年收入过亿，而更多的是"扑街"和"小透明"。据《2018中国网络文学发展报告》，月收入5000元以下的作者占比84.6%，月收入5000元以上的作者占比15.4%，而2000元

　　　　　　　　网络文学：媒介、文本和叙事

以下及暂无收入占比56.4%，可见有989.8万人在网络文学场域陪跑。在媒介（网络）、资本的双重塑形下，网络文学经营网站、网络文学体裁和题材、网络作家写作和收入状态均处于高度集中的高塔形态。

四、免费阅读和IP泛娱乐带来的新变数

网络本身（尤其是基础设施）迅速地升级换代，促进了媒介的发展和变革。网络润物细无声地在社会生活、电子商务、出行方式、语言形态等方面为我们引进了新的尺度，这是网络文学形态变化发展的根本原因。

以网络为传播媒介的网络文学，也随着网络机制的发展而变动不居。在网络文学场域资本的频繁操作炒热了网络文学IP，而现象级的网络小说改编加剧了这种趋势，甚至一部网改影片或电视剧都可能成为拉动股价的重要推手。在电影《致我们终将逝去的青春》（下文简称《致青春》，根据辛夷坞网络小说《致我们终将腐朽的青春》改编）放映期间，据光线传媒发布的公告，《致青春》票房超过5.2亿元，超过该公司最近一个会计年度经审计营业收入的50%。公告一出，光线传媒股价瞬间拉至涨停。而2019年底电视剧《庆余年》（根据猫腻同名网络小说改编）的播出，让阅文集团的版权收益增长了341%，更加提振了男频类型小说改编的市场信心。

2017年连尚文学重归免费阅读，今日头条、趣阅读不仅提供免费阅读，用户还能根据阅读时长领取红包，阅文集团顿时

损失了大量阅读用户。免费阅读意味着网络文学流量下沉，吸引盗版网络文学用户，以广告变现的方式赢利。这对持续17余年的收费阅读造成了一定的冲击。IP和免费阅读无疑是现阶段对网络文学影响最大的两个"新尺度"，并终于在2020年于网络文学领域引发了震动。

2020年4月27日晚，在坊间流传很久在网络作家中议论尤广的关于阅文集团管理层变动的"大瓜"终于落地，吴文辉等创始团队或转到非管理岗位，或荣休；腾讯集团副总裁、腾讯影业首席执行官程武出任阅文集团首席执行官和执行董事，腾讯平台与内容事业群副总裁侯晓楠出任阅文集团总裁和执行董事，完成了阅文集团管理层的变动，预示着占据网文半壁江山的阅文集团的战略发展和商业模式即将发生重大变化，将对以2003年吴文辉创始团队实行的起点VIP收费阅读模式进行调整，并对以影视动漫改编为中心的全产业链开发加大权重。据统计，2017—2019年三年中，阅文集团版权收入占比从9%提升至19.8%，再升到52.9%，而线上收入（包含订阅收入、广告收入等）从83.4%下降至76%，再降到44.4%。资本逐利，阅文集团收购新丽集团，及最近管理层的调整，都反映了阅文集团网络文学生产机制和经营策略的变化方向，即减少线上付费阅读的经营成本，转向盈利占比更大的版权收入，而阅文新合同更是要求无偿获得网络作家的IP改编权。阅文集团的新合同被指霸王条款，随后网络作家发起了5月5日"断更节"予以抗议。阅文风波之所以吹皱一池春水，是因为拥有几百万网络作家的网文集团，在新的商业模式中没有顾及网络作家的利益分配。我们不得不正视这样一种现实：强势的平台和弱势的网络作家。这种现实是由网络的中心节点机制决定的。网络文学写作看似自由，只需要计算机设备和网络连接即可，可是在网络上发表作品就是为了让人阅读，在恒河沙数般的互联网连接中，怎样让人们连接到网络文学作品成为关键。处于垄断地位的文学网站就是一个巨大的中心节点，它拥有的巨大流量可以让无数人阅读位于其上的文学作品。和中心节点相比，默默无闻的连接无人问津，和不存在又有何异。因此网络的中心节点机制打破了网络文学自由写作的幻想，造就了平台权力的集中，形成了平台和作者之间权利分配的悬殊。

自网络文学在网络媒介萌芽，发展至今已经历经三次面孔变迁。如今在网络机制的作用下，在资本和产业的驱动下，网络文学仍在变化发展，每一阶段都有其必须直面的问题。商业集中高塔形态的网络文学，其单一的文学形态妨害了网络文学各种先锋性的探索及可能的多形态发展。我们可以从资本和产业的逻辑观察网络文学的发展动力：在大资本的操作下，在中心IP的带动下，在利益一体的驱使下，文学、影视、游戏等领域深度融合，实现IP利润的最大化。这是资本的逻辑。在付费阅读逐年下降、版权收益逐年上升的背景下，不管是付费阅读还是免费阅读，不断激励后来者加入，保持源头活水，使网络文学为以网络文学为中心的全产业链不断提供优质内容。这是产业的逻辑。但是不管是资本还是产业，都必须在媒介的逻辑下才能运行，那就是不断地推陈出新，不断引入"新尺度"引发新发展。或许这种新尺度和新发展并不是我们想要的，因此必须介入批评的力量，以纠正、规范网络文学越来越远离文学的航向。

第二章

媒介与起源

早期互联网技术驱动和当代文学虚拟空间拓展

关于中国网络文学的缘起，目前学术界争议正酣。从2021年网络文学研究界的激烈辩论，到《南方文坛》接连推出争鸣文章，将这一学术问题的争论持续推向深入。网络文学界及网络文学研究界曾经约定俗成将1998年作为中国网络文学的起点，也就是马季主张的"现象说"，以中国网络文学第一个创作高潮和标志性事件即蔡智恒（痞子蔡）开始在BBS上连载并引发社会反响作为标志。欧阳友权主张"网生起源说"，认为1991年4月5日诞生的全球第一份华文电子刊物《华夏文摘》是中国网络文学的起点，贺予飞认为"网生起源说"是"当下最为恰切的一种起源判断，它所秉持的文学史观以生态系统为持论逻辑"[①]；邵燕君、吉云飞等主张"论坛起源说"，认为中国网络文学的起点是1999年7月正式建站的金庸客栈，《不辨主脉，何论源头？再论中国网络文学的起始问题》[②]，进一步反驳了"网生起源说"和"现象说"，说明"论坛起源说"基于对中国网络文学主脉性质的判断，确定从2003年至今的网络文学主流是商业类型小说，再以此回溯，最终找到了金庸客栈这个源头。从方法论上来说，"网生起源说"遵循的网络

---

① 贺予飞：《中国网络文学起源说的质疑和辩正》，《南方文坛》2022年第1期。
② 邵燕君、吉云飞：《不辨主脉，何论源头？再论中国网络文学的起始问题》，《南方文坛》2021年第5期。

文学发生发展的时间线性，强调文本、事件发生的先后顺序，"现象说"在强调线性顺序的同时，更强调文本、事件的影响力，二者都是一种"再现真相的努力"；"论坛起源说"则企图顺着现在中国网络文学的大潮溯源，更是一种"后见之明的诠释"。[①]

中国网络文学发展史首先是由事件、文本、现象、评述组成的线性发展，我们有必要对其按照时间顺序编年。作为研究者，总是孜孜寻求其中的因果等规律关系，企图找到把握其发生、发展的一条主线，或者突出这一时空线性发展过程中的重要坐标，这对我们怎么理解和研究网络文学有效且有意义。但是为了突出某一重要坐标或者某一条主线，而舍弃其他看来是偶然的或者与主线不甚相关的事件、文本或作家，恐有削足适履、以偏概全之嫌。

"论坛起源说"力图把握中国网络文学发展的主脉，及支撑网络文学发展的一以贯之的动力机制，难以避免两个方面的弊端：如果将网络文学的发展史看作一条河流，"论坛起源说"以支流（网络商业类型小说）替代大河（网络文学），以网络商业类型小说的源头代替网络文学的源头，在很大程度上缩小了网络文学的范畴。网络文学具有丰富的形态和样式，除了网络类型小说，还有网络中短篇小说、网络诗歌、网络散文、超文本、微博小说等其他体裁，这些网络文学文体在发展的过程中虽然不如网络类型小说受众多和影响大，但也不可忽

---

① "再现真相的努力"和"后见之明的诠释"为王德威在《哈佛新编中国现代文学史》中的提法。

视；二是仅仅在网络文学的场域中观察网络文学，尤其着重强调网络文学的创新性和排他性（笔者也认为网络文学的创新性是其区别于其他文学的立身之本，是非常重要的，但创新不等于排他，网络文学更不是天外来物），难免遮蔽了网络文学与当代文坛和传统文学的联系和传承，因为文学新质往往是从旧文体身躯上生发出来的花朵，新媒介往往包含着旧媒介的内容。在以"后见之明"寻求网络文学发展的因果关系的时候，难免遮蔽了历史的偶发性和相关性。在观察中国网络文学这一庞大星系的时候，我们不仅要关注其变迁的线性发展、因果关系，还要关注那些遥远黯淡的星辰和偶发性事件，在庞杂的文本、作家、事件、现象等文学现场小心翼翼地界定其边界，但最好不要轻易抛弃。

《哈佛中国现代文学史》描述了世界中的中国文学，强调文学史中时空的互缘共构和文化的交错共动，这种方法论同样适用于厘定中国网络文学的缘起。本文在"网生说"的基础上，在中国留学生移民的时空转移和虚拟现实两种生活经验的交流碰撞中，在网络和文学的双向互动中，考察早期互联网的技术环境及早期互联网技术应用情况，辨析网络媒体与印刷传统的异同，探究中国网络文学的缘起：一是二十世纪八九十年代，早期互联网正在蓬勃发展，在实验室、研究所、高校等地获得了广泛应用，因网络技术变革而形成的虚拟空间正在酝酿一场商业、生活方式和观念的巨变。早期互联网催生的电子邮件、电子邮件列表、新闻组等网络应用为文学的新发展、新传播准备了媒介条件；二是中国当代文学自身求新求变求拓展的内在要求，和网络媒介激发的新的生活经验和情感结构结合，为当代文学向虚拟空间的拓展准备了条件。随着中国改革开放的深入，20世纪80年代的留学潮使得更多的中国人能够走出国门，中国留学生的移民经验，和最早接触到网络的经历，及后来的技术探索，引发了新的文学传播和文体实验。因缘际会使中国留学生首先完成了早期互联网和当代文学的联姻，完成了中国当代文学向虚拟空间的拓展。

一、关于互联网和网络文学的界定

在追问中国网络文学的缘起之前，明确互联网和网络文学的定义是十分必要的。

从互联网技术来看，计算机网络指两台及以上的具有独立功能的计算机，通过通信设备或线路连接，实现信息传输和资源共享功能。最早的计算机网络是阿帕网。而互联网（Internet，也被译为因特网）"是一个世界范围的计算机网络，即它是一个互联了遍及全世界数十亿计算设备的网络"[①]。互联网囊括了全球范围内的计算机网络，被称为网上之网。互联网是计算机网络发展的结果，直到万维网的发明才真正实现了网络的世界互联。计算机网络发展至今，其硬件（计算设备）发生了翻天覆地的变化，从最早的只具有计算功能的巨型计算机，到桌面个人电脑，到便携性的笔记本和平板电脑，越来越小巧、易于便携和功能强大。随着网络的普及，

---

① 詹姆斯·F. 库罗斯、基思·W. 罗斯：《计算机网络：自顶向下方法》，陈鸣译，机械工业出版社，2018，第1页。

上网硬件也不局限于计算机设备，还囊括智能手机、电视、游戏机、家用电器、手表、眼镜、运输控制系统等，而网络本身从研究所、高校等科研机构走向民用、商用，从人人互联到万物互联到人机共生。因此，计算机网络也随之变成了一个过时的概念。日常生活中人们并不区分各种类型的网络（如局域网络、家庭网络、公司网络、移动网络），也不区分互联网和各类型网络，而是将网络与互联网等同于一个概念，这也是可以接受的。

要讨论网络文学的起源问题，必须对网络文学的界定达成共识，不然人人心中都有一个网络文学，也只能人人心中都有一个网络文学的源头。对于这个问题，在2000年左右曾经引发了广泛的争议和讨论。欧阳友权在《网络文学本体论纲》一文中较为全面地呈现了理论批评界和网络文学创作界对网络文学的"命名焦虑"，回应了网络文学的能指和所指，及社会各界对网络文学的文学性质疑等各方争论情况，并这样界定网络文学：

网络文学是一种用电脑创作、在互联网上传播、供网络用户浏览或参与的新型文学样式。它有三种常见形态：一是传统纸介印刷文本电子化后上网传播的作品，这是广义的网络文学，它与传统文学的区别仅仅体现在传播媒介的不同；二是用电脑创作、在网上首发的原创性文字作品，这类作品与传统文学不仅有载体的区别，还有网民原创、网络首发的不同；第三类是利用电脑多媒体技术和internet交互作用创作的超文本、多媒体作品（如联手小说、多媒体剧本等），以及借助特定电脑软件自动生成的

"机器之作"。这类作品离开了网络就不能生存，因而，这是狭义的网络文学，也是真正意义上的网络文学。①

欧阳友权对网络文学的界定得到了广泛认可。对照现今网络文学发展的现状，三种网络文学形态的发展和走向各不相同，发生了一些新变。

第一种网络文学形态即印刷文本的电子化（数字化），电子文本增加了印刷文本的传播途径和存在形态，更重要的是，这些文本对网络文学的创作和读者产生了不可忽视的影响，在Web3.0时代由于交互技术的使用将产生更大影响。这些电子文本就是万尼瓦尔·布什（Vannevar Bush，1890.3.11—1974.6.26）所设想的使得信息快速有效交换，扩展人类记忆的麦克斯储存器（Memex）。1945年，万尼瓦尔·布什发表论文《诚如我们想象的那样》（As We may Think），指出在知识和信息飞跃发展的情况下，人们获取这些知识和信息的方法却十分陈旧，很多专业化的知识和信息只能被遗忘。为了对抗这种遗忘，万尼瓦尔·布什提出科学发展的方向——发明一种麦克斯储存器（Memex），以存贮、查阅信息，使知识和信息"不断地得到扩展和延续"②。这篇文章奠定了计算机和网络发展的方向。电子印刷文本仿佛是一个中转站，以数字化的新形式传播印刷媒介的旧内容，既拓展了文学领域，又因媒介的更新为文本增加了新的生机。比如在即时通信时代，很多电

---

① 欧阳友权：《网络文学本体论纲》，《文学评论》2004年第6期。
② 万尼瓦尔·布什：《诚如我们想象的那样》，《国外情报科学》1995年第1期。

子化文本增加了读者互动，形成了以电子文本为中心的读者、译者和作者之间的互动和交流，在一定程度上增加了印刷文本的容量，更新了印刷文本的面貌。这种广义的网络文学一般不在网络文学研究者的视野内，但存在不可忽视的可能和意义。之后的信息革命从方向到途径，从阿帕网到人工智能，从人人互联到万物互联，发展速度一日千里。在我们尽享互联网便利的今天，再次回望互联网发展的历史长河，一些曾经惊涛拍岸的互联网技术变革在今天看来已经变得稀松平常，因此以现在去把握和评判过去很容易失之偏颇。

　　第二种网络文学形态是"用电脑创作、在网上首发的原创性文字作品"。第二种网络文学的界定规定了两个条件，一是用电脑创作，随着计算机的发展，电脑已经从PC端延伸到了移动端和其他智能设备，网络文学创作的工具也随之增多，现在已经不限于电脑；二是在网上首发的原创性文学作品，这个界定区别了印刷文本的电子化，也更加贴近网络作家的认知，比如李寻欢认为网络文学是"网人在网络上发表的供网人阅读的文学"[①]，更加强调网络文学的媒介属性。此后对网络文学的认知和界定，研究者越来越强调媒介对网络文学的塑形作用，甚至有人提出了网络文学在网络而不在文学的观点。事实上，网络文学因媒介而生，也随媒介的不同发展阶段而呈现不同特征，要深入认识网络文学，必须对承载其发展的不同网络发展阶段进行深入剖析。

　　第三种网络文学形态"超文本""多媒体作品"，更加强

---

① 李寻欢：《我的网络文学观》，《网络报·大众版》2000年2月21日。

调媒介和文学的实验和探索。黄奋鸣的《超文本诗学》、欧阳友权的《网络文学论纲》、贺麦晓（Michel Hockx）的《中国网络文学》（*Internet Literature in China*）都对此类网络文学文本做了详细的介绍和深入的研究，尤其是《中国网络文学》更加强调网络文学小众现象的独特性和先锋性。但是这些现象和文本在网络的商业化大潮中和网络文学大众化、通俗化的发展中逐渐式微，无论是创作者还是接受者都很寥寥。

2010年12月，中国互联网信息中心发布《中国网络文学用户调研报告》，该报告这样定义网络文学："通过互联网发表或传播的小说、散文、诗歌、连载漫画等文学作品。包括但不限于通过互联网首次发表的网络原创文学作品。"①这个说法包含了以上三种网络文学形态。与此界定相对的是，有学者主张网络文学的概念应当缩小，缩小至网络长篇类型小说的范围。本文认定的网络文学概念为通过互联网首次发表的网络文学作品，包含小说、散文、诗歌、超文本、非虚构文学、剧本等体裁。随着网络技术的变革、上网人群的变化，文学在赛博空间的拓展也将随之变动，网络文学的发展还会有无限可能。

二、早期互联网技术和应用驱动网络文学诞生

早期互联网环境和汉字输入、传输、显示等技术探索为汉

---

① 中国互联网络信息中心，https://www.cnnic.net.cn/hlwfzyj/hlwxzbg/mtbg/201206/t20120612_27451.htm，2021年11月3日查询。

语网络文学的诞生准备了技术条件。

北美汉语网络文学产生于早期互联网时代，如果没有早期互联网，中国留学生根本没有人员、资金等编辑出版条件生产、传播文学。在早期互联网技术环境和早期互联网精神的影响下，中国留学生进行了汉字计算机输入、传输和显示的技术探索，创立新闻组、电子期刊、文库、网页等汉语网络新媒体进行信息交流、文学创作，移民生活经历和过往的生活经验、文化底色和文学素养在中外文化碰撞中激起新的火花，形成新鲜的生活经验和情感结构，最终在网络这一新事物上找到了突破口。

其一，在英文网络环境中进行汉字计算机输入、传输和显示的技术探索，为网络文学诞生准备了技术条件。汉语的输入、传输和显示等技术问题解决了之后，汉语网络文学才得以产生和拓展。20世纪80年代，中国留学生面临的网络标准是美国标准信息交换编码（ASCII，American Standard Code for Information Interchange），只能显示现代英语和其他西欧语言，中国留学生们广泛使用的UNIX操作系统、DOS操作系统（Disk Operation System）不支持汉语的输入、传输和显示。据网络作家少君说："当时我们的华文写作费尽周折。首先，需要用中文软件先在DOS系统中（WINDOWS的前身）写出来，然后用Uudecode[①]对文章进行编码，再以SMTP（电子邮件的前身）的方式把这个文件传输给各个接收者的地址；

[①] 原文为Uudecode，应该是Uuencode的误写。Uuencode是将二进制文件转换为文本文件的过程，转换后的文件可以通过纯文本E-mail进行传输，在接收方用Uuencode对该文件进行转换，即将其转换为初始的二进制文件。

收到文件的人，首先用Uudecode 解码，再下载到自己的电脑里才能阅读。早期甚至不能直接阅读，要打印出来才能看见中文文章。整个过程要经过输入、编码、存储、传送、解码、打印、阅读等步骤，前后要在不同系统上跑好几个电脑程序才能完成。"[①]1988—1989年中国留学生们才摸索出汉字在英语网络环境中的输入、传输和显示的软件，使得汉语网络文学写作和阅读更加方便。1988年，美国Rice大学计算机专业的中国留学生严永欣开发出了第一个普及使用的汉字处理软件"下里巴人"，较好地解决了在DOS系统不能进行汉字书写的问题。1989年，中国留学生魏亚桂、黎广祥、李枫峰等人开发了HZ汉码，解决了汉字在早期互联网上的传输和显示问题。这种技术探索是早期互联网开源代码软件开发大潮的一部分，数以万计的程序员或计算机技术爱好者精心编制代码，并将其投入到软件系统，供别人免费使用，他们也利用软件系统开源代码进行创新，无偿为人们解决计算机及其网络使用中的问题。1992年，微软公司推出Windows视窗系统，实现了汉语的直接输入和阅读，大大降低了汉语网络文学创作的技术门槛。

其二，电子邮件、电子邮件列表、新闻组等早期互联网应用成为中文网络媒体建设的中坚力量，蓬勃发展的各类汉语网络媒体成为早期网络文学的载体和呈现形式。1970年7月，BBN公司（BBN Technologies）的程序设计员雷·汤布林森（Ray Tomlinsen）首先应用了电子邮件，从此电子邮件成为

---

① 蒙星宇、少君：《网起网落：新移民与北美华文网络文学》，《华文文学》2009年第5期。

阿帕网时代最受欢迎的核心功能，也是以后互联网最主要的应用，直到现在也还发挥着重要作用。"按照1997年美国进行的一项统计，41%的互联网用户每天都要使用电子邮件，还有27%的用户至少每周也要使用一次。这个数字甚至比使用网络浏览（www，即万维网）的人（24%每天使用，44%每周使用）都要多得多。"[1]电子邮件实现了信息在不同计算机之间的快速传递，是当时最快速、最强大、最便宜的异地延时信息传输方式。电子邮箱和邮局都是"一对一"的传播形式，和邮局相比，电子邮箱实现了网络环境中信息的快速传播，且费用更加低廉。从本质上说，这是一种新的信息方式，为文学在网络新空间的传播和拓展提供了新途径。稍后的邮件列表（将电子邮件统一发送给多个选定的收件人）实现了"一对多"的信息传输，具有讨论的功能，增加了电子邮件用户之间的互动，这在当时是一种全新的交流。电子邮件、邮件列表将更多人聚集到网络空间，交换观点，激发创新，形成新的生活方式。网络研究者早就发现，"邮件列表是一种相当复杂的生态环境，在其中思想之花能得到激发和培育"[2]。

中国留学生创办的《中国电脑网络新闻》等英文电子刊物和《华夏文摘》等逾30种中文电子刊物皆以电子邮件或邮件列表为发行渠道。1991年（具体日期不详）纽约大学布法罗分校的中国留学生王笑飞创立了第一个网络兴趣小组（Mailing

① 郭良：《网络创世纪——从阿帕网到互联网》，中国人民大学出版社，1998，第91页。
② 彼得·韦纳：《共创未来：打造自由软件神话》，王克迪、黄斌译，上海科技教育出版社，2002，第23页。

List，即邮件列表）——中国诗歌网络，主要以诗歌分享、诗歌创作和诗歌评论为主。"1991年12月20日《华夏文摘》第38期上发表了一篇关于中文诗歌交流网络（CHPOEM-L）的介绍，说该网络'是为诗歌爱好者分享和讨论诗歌而建立的，目前有二百多人参加'。该网络'不设编辑，也不定期出版，大家随时都可以把自己喜欢的诗歌发送到该网络上'。"①这是迄今发现的第一个诗歌网络媒体。1991年4月5日，《华夏文摘》正式在互联网上发行，至今《华夏文摘》还在网络发行，已创刊三十余年。迄今汉语网络文学的第一篇小说、杂文、文学评论、散文等均在这里发现，至于是原创还是转载，则需要更进一步的考证。"早期《华夏文摘》通过两种方式发行，一种是通过电子邮件直接发送到订户邮箱，另一种是制作了PS（Post Script）版，存放在CND的互联网公共信息库中，读者可通过FTP（Flie Transfer Protocol）等软件下载文件。"②"1994年6月3日，CND和《华夏文摘》的万维网网站www.cnd.org正式开通"③。《华夏文摘》是迄今发现的第一份综合性的中文电子刊物。

现在人们将论坛（Forum）等同于BBS（电子公告牌，Bulletin Board System），其实论坛和BBS不是相同的概念，它们和新闻组（Usenet）同属于讨论组（Discussions

---

① 李大玖：《海外华文网络媒体——跨文化语境》，清华大学出版社，2009，第78页。
② 肖航、周萍、纪秀生：《华文媒体创新性话语研究与传播》，朝华出版社，2018，第201页。
③ 李大玖：《海外华文网络媒体——跨文化语境》，清华大学出版社，2009，第56页。

Group），"这个最初的、最重要的服务将使用户可以迅速得到讨论组中的文件。在讨论组里，任何节点都可以向大家提供自己的文件……电子邮件的方式当然可以提供很方便的收信和回信的功能，但是，如果参加讨论的人非常多的话，很可能就会希望建立一个讨论组"①。在网页出现之前，讨论组已经诞生，实现了"多对多"的异步通信，突破了传统媒体的"一对多"的通信方式和电子邮件的"一对一"的通信方式。讨论组将从事相同、相似工作或者有共同爱好的人聚集在一起，讨论、交流观点，或寻求帮助。在网页出现之前，BBS和新闻组已经很流行了，1995年后，论坛在网页上发挥着和BBS、新闻组大体相同的功能。新闻组的产生，缘于早期互联网的人们想突破电子邮箱的限制，于是构想了一种分布式在线公告牌系统，将信息张贴到公共场所的中央，供大家获取，而非将信息发送到每个人的电子邮箱。1979年，新闻组首次由杜克大学和北卡罗来纳大学发布，发展到顶峰的时候拥有400万用户，于2001年被谷歌收购。新闻组的好处是所有对某个话题感兴趣的人都能参与讨论，能随时回复别人的讨论，能让参与讨论的所有人看到自己发表的内容，且系统会保存所有的讨论内容。

"论坛起源说"以现在网络文学的大潮为依据，回溯、倒推历史，找到的源头是论坛。在我国接入互联网后，新闻组并不流行，BBS和论坛异常火爆，成为网络活跃中心。20世纪90年代北美网络中的新闻组非常流行。1992年6月28日，美国印第安纳州立大学中国留学生魏亚桂在新创建的ACT（alt.

---

① 郭良：《网络创世纪——从阿帕网到互联网》，中国人民大学出版社，1998，第96页。

chinese.text）上发帖，正式宣布中文新闻组（Usenet）成立，这是第一个交互式的中文论坛，也是第一个由用户生成内容的中文网络媒体。《不辨主脉，何论源头？再论中国网络文学的起始问题》指出ACT有些污言秽语，这也是论坛常见的"拍砖"行为。"魏亚桂作为版主从不删帖……即使发现一些'脏话帖'，也只是规劝。后来还专为那些喜欢'吐脏话'的人开辟'流氓论坛'，可是，'流氓论坛'并不火爆，相反那些有讲脏话爱好的人逐渐也不在ACT上'吐垃圾'了。"[①]ACT的自由讨论、相互交流等互联网精神吸引了越来越多的中国留学生，鼎盛时期读者数保持在5万多，ACTB（ACT繁体版）保持在2万多，合起来约有8万之多，可见其受欢迎程度。ACT的帖子内容五花八门，其中也有网络文学原创作品。方舟子等人有感于ACT帖子庞杂，文学作品散见其间不易阅读，才创办了纯文学电子刊物《新语丝》（1994年创刊），可以说，ACT启发、孕育了一部分电子期刊。在早期中文网享有盛名的图雅，既是《华夏文摘》的特约编辑和作者，也是筹备《新语丝》的积极分子，在1996年前经常在《华夏文摘》《新语丝》《橄榄树》等电子期刊上发表网络散文、诗歌、短篇小说，更是出没ACT的常客，也可以说，用户生成内容的ACT是孕育第一批网络作家的沃土。

在ACT、中国诗歌网络和《华夏文摘》之后，越来越多的文学电子期刊、用户论坛、兴趣小组和电子文库等网络文学媒

---

① 　肖航、周萍、纪秀生：《华文媒体创新性话语研究与传播》，朝华出版社，2018，第203页。

　　　　　　　　　　　　　　网络文学：媒介、文本和叙事

体发展了起来。文学电子期刊有美国的《威大通讯》《未名》《新语丝》《布法罗人》《聊园》《橄榄树》等，加拿大的《联谊通讯》《窗口》《枫华园》《红河谷》《太阳升》等，英国的《利兹通讯》，德国的《真言》《西线》等，瑞典的《北极光》《德隆华人》等，丹麦的《美人鱼》等，荷兰的《郁金香》等，日本的《东北风》等，其中《华夏文摘》《枫华园》发行量大，在世界各地拥有很多读者，影响较大。论坛有中国台湾中山大学BBS，台湾大学的"猫空行馆"，成功大学的"椰林风情"和"猫咪乐园"论坛，元元社区等。网页有中国台湾的"妙缪庙""涩柿子世界"等。网站有中国台湾的鲜网、冒险者天堂、新月家族等，中国香港的新诗通讯站等。北美网络文学出现了图雅、少君等扬名网络的网络文学先行者，中国台湾也出现了罗森、痞子蔡、九把刀、姚大钧、李顺兴等进行网络文学创作或超文本实验的网络大神。

其三，北美汉语网络文学开创了不同于传统文学场的赛博文学公共空间，形成了与传统文学不同的生产、传播和接受机制。1980—1990年的早期互联网处在走向商用和民用的关口，受众主要集中在科研机构和高校。中国留学生恰好在此期间走出国门，得以接触和使用早期互联网。在西方主流文化的大环境中，他们迅速在赛博空间聚集，利用早期互联网电子邮件、邮件列表、新闻组等中文网络媒体形成一个具有显著特征且具有多重功用的公共言论空间。该空间在西方语言和文化的汪洋大海中漂浮生根，寄寓着移民者对西方文化和语言的接近和学习，对祖国文化和语言的情怀和亲近，充斥着中与西、异国和故乡的碰撞和比较。这是一个特定时期、特定地点的言论公共空间，有着新媒介与生俱来的无限可能，也与中国文化和中国文学有着千丝万缕的联系。与文学相对应的，则是赛博文学公共空间的诞生，这个空间替代了传统文学的生产机制，原来的投稿、编辑、出版、发行和反馈均转移至虚拟空间。换言之，即将传统的投稿、编辑、出版、发行和反馈整合在一起，以最少的资源将分散在世界各地不同地域的作者、编辑、编务和读者聚集在一起，完成了仅凭当时的资源、原来的编辑出版机制不可能完成的事情。从这个意义上说，这就是借助互联网完成的最大创新。首先，赛博文学公共空间突破传统空间限制，聚集志同道合之人，激发技术和文学爱好者试验技术、创作和编辑文学，最大限度降低了文学生产成本。早期互联网还未进入商业化，大多数网络应用可以免费使用。《华夏文摘》编辑部无固定办公场所和办公设备，均为兼职人员，甚至有些人身兼多职，同时为编辑、创作和技术开发人员，因此免费使用对他们而言尤其重要；编辑均为义务劳动，用爱发电，电子邮箱等网络应用代替了编辑部，省去了实地办公场地和设备费用；读者可以免费订阅期刊，省去了读者的订阅费用。其次，赛博文学公共空间突破传统文学生产机制所必需的时间限制，将投稿、编辑、印刷、发行和反馈等集中在一起，省去了印刷等耗时较长的烦琐程序，而投稿和发行与传统邮寄相比，几乎瞬间即可完成，最大限度节省了时间。再次，北美汉语网络文学的编辑也和传统文学不同，部分不设编辑（比如中国诗歌网络），大部分仅为有限的筛选和编辑，而投稿未被采纳的作者，也可以将稿件自行发在新闻组、电子文库等公共空间。最后，赛博文学公共空间开拓了传统文学空间，聚集于此的人们，可以在此空间实名或匿名发表言论（电子期刊的文章、论坛上的帖子等），形成了带有移民特征的信息空间，创造了一种亚文化，践行早期互联网精神。随着网络技术的更新迭代和上网用户的变迁，网络将形成更多的网络言论空间。和传统印刷生产相比，比如说电子邮件和传统信件相比，语言发生了很大的变化，受计算机编程语言和计算机软件的影响增加了很多缩写和简写，更加随意，网络文学也出现了更多维度的语言实验，受当时的超文本应用影响，网络文学出现了超文本文体实验。

1993—1996年世界各地蓬勃发展的中文网络媒体是早期互联网和中国留学生精英群体合力塑形的中国网络文学的第一副面孔。中文兴趣小组"中国诗歌网络"、中文电子期刊《华夏文摘》和中文新闻组ACT皆诞生于早期互联网，通过电子邮件创作、发表和传播文学作品，应该是中国网络文学的源头。笔者曾在《网络机制视阈下网络文学的三副面孔》[①]一文中详细论述了在媒介机制视域下网络文学在网络不同发展阶段所呈现的三种形态及其特征，在此不再赘述。需要补充说明的是，媒介变革是网络文学发展的主要驱动力，网络媒介技术发展和上网设施的变迁导致用户群的变迁，激发新的文学环境、文学制度和商业模式，二者的共同影响塑造了网络文学的不同面孔。我们不可能在筚路蓝缕的源头找到和网络商业类型小说一样成熟的网络文学形态和样式，中国诗歌网络、《华夏文摘》和ACT因网络而生，因网络技术的更新迭代而式微，其筚路蓝缕之功不应该被忽略。"信息方式的诸多方面，诸如电脑书

---

① 王金芝：《网络机制视阈下网络文学的三副面孔》，《粤海风》2021年第1期。

写，导致了差异，但这种差异被压抑和反驳，被否定和抛弃，以便努力维持这一稳定的常规性。人与新的经验有机融合了，因此人也就接受了已经改变的环境，而同时又否认发生过任何发生。这种常规化或现实效果有助于让人过日子，尤其当这种日子与以往的日子大为不同的时候。"[①]经过几代网络技术更迭和积累，我们已经将电子邮箱、电子邮箱列表等应用的经验有机融合，将新闻组等在中国不太流行的应用忘却，但是这些应用曾经改变了世界，并驱动网络文学的发生，这是不容回避的事实。

三、中国当代文学向虚拟空间拓展

网络文学进入人们的视野，便是主流文学之外的一个异者形象，在网络作家看来，"在这个帝国的版图内，突然出现了另一个新的文学城镇中心，它开始培养自己的作家、自己的出版机构、自己的宣传渠道、自己的销售路径，并在外交内政上采取种种手段，企图和原来的帝国管理者逐鹿中原乃至最后问鼎天下"[②]。"这个帝国"指的是当代文学场域，"另一个新的文学城镇中心"指的是网络文学场域，这里网络文学和主流文学对峙，和主流文学之间展开文学权力和资源的争夺和对抗。在提到"写手"这个称谓时，该文作者甚至流露出愤愤不

---

① 马克·波斯特：《信息方式：后结构主义与社会语》，范静晔译，商务印书馆，2000，第153页。
② 七格、任晓雯：《神圣书写帝国》，上海书店出版社，2010，第1页。

平的情绪："吴过给大众和传媒找到了一个非常贴切的词语，这个词语是新造的，构词法则归纳自'打手''骑手''杀手'等词语，这种'×手'形成的词语群和以'……家'形成的词语群相比较，由于后者拥有'书法家''专家''股评家''美食家'等等词语，就比前者在语用学内获得了更高的社会阶层属性。这样，'写手'这个符号就被安顿在了'作家'这个符号下面，成了一个谦虚的、自嘲的、自知之明的、无产的、不封侯的贱民指谓。"①从"神圣书写帝国"这个书名就可以看出，网络作家将文学和写作视为神圣，因此敏感于"写手"称谓中内蕴的轻视和鄙薄。《神圣书写帝国》将1997年榕树下BBS的创立定为起点，在美籍华人朱威廉在中国创立榕树下之前，中国留学生已经在北美尝试网络写作，并在短短的时间内涌现出图雅、少君等优秀作家，并产生了很大影响。

20世纪80年代末90年代初，中国社会发生了伟大转折和重大转型，国家经济领域的改革开放深入发展，经济体制、思想观念和日常生活都随之转型，在经济领域方面，市场经济体制和商品经济意识确立；在思想观念方面，外国的文化和文学思潮涌进国门，和国内的思想解放汇合，形成了多元文化格局；在日常生活方面，在政治经济体制和思想观念的影响下，新商品、新消费、新生活方式不断涌现，极大地丰富和扩展了日常生活空间。在这样的大背景下，文学写作空间也随之发生了拓展和变化。20世纪90年代文学空间发生多个空间和向度的拓展，陈思和将20世纪90年代的文学特征称之为

① 七格、任晓雯：《神圣书写帝国》，上海书店出版社，2010，第10页。

"无名"，"80年代文学思潮线性发展的文学史走向被打破了，出现了无主潮、无定向、无共名的现象，几种文学走向同时共存，表达出多元的价值取向"[①]。由于社会整体环境更加开放，摆脱了20世纪70年代之前陈思和所谓的"战争文化心理"，既能在国际化的开放视野中观察、接受外来文化（新潮小说），又能将蕴含在民间和大地中的文化传统以文学的形式发掘出来（寻根文学），还能转向身边的日常生活，发现小人物的平常生活与幽微心理（新写实小说），呈现关乎正在急速发展中的城市化的城市书写（新生代小说）。在此期间当代文学挣脱了意识形态的束缚，从时代共名中走出，走向社会的各个层面和角落，走向每一个具体而渺小的个人，"促成了中国文学在文学风格、文学形态、文学思维、文学流派等各个层面上从一元到多元的转化"，"文学不仅获得了生存空间的拓展，而且开始享有真正的心理和精神自由"[②]。其中海外新移民题材的写作空间引人关注，尤其是以小楂和严歌苓的创作得到了学界的深入研究。但是学界忽略了以中国留学生为主体的网络文学空间对当代文学向虚拟空间的拓展和贡献。

北美汉语网络文学的兴起是中国改革开放持续深化的结果。改革开放后，1980年兴起留学潮，"1978年至1998年以来，中国向外派遣留学生达30万人，主要分布在美国、加拿大、澳大利亚、日本、西欧等经济发达国家和地区，美国是接受中国留学生最多的国家，占了中国大陆留学生人员总数的

---

① 陈思和主编《中国当代文学史教程》，复旦大学出版社，1999，第13页。

② 吴义勤：《中国新时期文学的转型路向》，《杭州师范学院学报（社会科学版）》2004年第1期。

40%。"①在海外留学、打工的中国移民数量越来越多，除了留学生和打工者，海外华人总体数量也越来越多。据统计，美洲1980年、1985年、1990年、1995年、1999年华人人口分别为155.8万、195.5万、266.3万、426.1万、520万②。在中外文化的撞击中，中国移民在异国的生活和情感经历在文学中得到了释放和引发了共鸣，海外新移民题材文学成为当代文学空间的拓展之一。除了题材拓展，中国留学生在北美遭遇正处在快速发展趋向成熟的网络（此时网络在中国还处在研发和探索阶段，直至1994年中国才加入互联网），经过技术和写作的双重试验，开启了中国文学网络书写的新篇章，相较于题材拓展这是更加重要的向虚拟空间的拓展。因此，北美网络文学是中国文学在二十世纪八九十年代从中心向边缘回归文学本体的过程中，由中国留学生在互联网上开拓的新的文学空间，是中国当代文学在边缘处建立的新文学。中国当代文学和北美汉语网络文学的关系，是源与流、中心和边缘、拓展和新建的关系。既然中国当代文学和北美汉语网络文学是源与流、中心和边缘、拓展和新建的关系，那么所谓二者之间的对峙和冲突，经济资本和象征资本的抢占和争夺，都能在同一个文学场域内调和。

随着北美汉语网络文学影响日渐扩大，北美汉语网络文学的推介和研究也随之展开。1998年10月，中国作家协会召开

---

① 吴开军：《浅析美国的中国大陆新移民》，《八桂侨刊》2002年第3期。
② 李大玖：《海外华文网络媒体 跨文化语境》，清华大学出版社，2009，第35页。

"北美华文作家作品研讨会"①，少君（钱建军）受邀参会，他介绍了北美华文网络文学的概况。少君既是华文网络文学早期的写作者，也是其研究者和推广者。他以笔名世闻、安娜、丹尼在《世界华文文学论坛》"美华网络文学研究专辑"发表了三篇论文②，分别介绍了北美网络文学的小说、诗歌和散文的概况、特点和发展走向，从此北美网络文学研究开始进入主流视野。后来黄奋鸣的《超文本诗学》第三章"超文本平台文艺氛围"从超文本平台的角度介入，论述了本身并非超文本，却诞生于网络的北美网络文学的概况、特色和出版③。欧阳友权等人的《网络文学论纲》④全面论述了网络文学的概念及其特征，其中也有北美网络文学的基本情况。陈定家的《文之舞：网络文学与互文性研究》⑤全面深入地研究了网络文学的超文本与互文性理论，为理解网络文学的媒介化、图像化、游戏化、快餐化和身体叙事提供了理论路径。暨南大学、福建师范大学等高校有部分研究生的毕业论文在华文文学的框架内对北美网络文学进行了一定范围和程度的发掘和研究。

互联网精神天然携带着开放而非保守、开拓而非缩小的基因，诞生于互联网的中国网络文学，如果从1991年算起，历

---

① 龚桂明：《北美华文作家作品研讨会综述》，《华侨大学学报（哲学社会科学版）》1999年第1期。

② 世闻：《大浪淘沙评北美华文网络文学中的小说》，《世界华文文学论坛》2002年第1期。安娜：《如歌的行板北美华文网络文学中的诗歌评述》，《世界华文文学论坛》2002年第1期。丹尼：《潮起潮落北美华文网络文学中的散文简论》，《世界华文文学论坛》2002年第1期。

③ 黄奋鸣：《超文本诗学》，厦门大学出版社，2002。

④ 欧阳友权等：《网络文学论纲》，人民文学出版社，2003。

⑤ 陈定家：《文之舞：网络文学与互文性研究》，社会科学文献出版社，2014。

经了30年的发展，已经蔚为壮观。从北美萌芽的网络文学生产模式、文体创新已经式微，VIP收费阅读商业模式支撑了超长篇类型网络小说的发展和繁荣，但只能在类型和套路的范围内翻新和创新。网络文学和商业合谋形成规模产业后，很大程度上失却了对文学本体的探索和创新，却催生和累积了数量巨大的精彩故事，恰恰是这些故事支撑着现今网络文学产业的发展，尤其支撑着目前网络文学的IP化和网文出海。在2014—2015年，大资本在网络文学场域频繁操作，纷纷以收购、控股、整合的方式布局，以IP为中心和突破口，致力于在网络文学泛娱乐全产业链中抢得先机。网络文学"IP热"是海量优秀故事累积的自然延伸，更是以网络文学为中心的全产业链的健全，更重要的影响是，在付费阅读陷入疲软，网站线上收益一降再降，而版权收入一升再升，成为文学网站收入大头（以阅文集团、晋江文学城为例）。在收费阅读疲软的同时，免费阅读使用"免费模式"，最大限度地以吸引"下沉"用户，以平台流量争取广告入驻，赚取广告收益。这种方式为读者提供了更多的阅读选择，为网文行业引进了新的增长点，也打破了VIP收费阅读单一的商业模式。可见，随着网络的快速发展，任何商业模式都无法一直支撑网络文学发展，网络文学商业模式只会随着网络技术的发展和上网用户的变迁而变化。

网络历经多年的发展，从阿帕网到万维网，从人人互联到万物互联和人机共生，发生了翻天覆地的变化，但是我们无法否认或假装看不见过去发生了什么。就像如何确定互联网的起点，甚至阿帕网的原始成员罗伯特·卡恩都强调阿帕网和互联网的区别，并暗示互联网的起源是"TCP/IP（传输控制协议/

因特网互联协议）"，阿帕网创始团队的领头羊鲍勃·泰勒坚决反驳了罗伯特·卡恩，坚称互联网的根基是阿帕网。[①]在某种意义上他们都是对的，罗伯特·卡恩强调了二者的区别，更着眼于网络的进化；而鲍勃·泰勒更强调二者的联系，更尊重前人所做的贡献。但历史是二者的结合，既强调发展新变，又强调联系传承。这或许对网络文学的起源争议有所启发，或许最稳妥的办法是既强调发展又不忘传承，这就意味着既要区分网络文学和主流文学的区别和特质，又要注重二者之间的承续和联系；既要区分各阶段网络文学的发展，又要注重各阶段之间的联系。

---

① 安德鲁·基恩：《科技的狂欢》，赵旭译，中信出版社，2018，第19页。

《大连金州没有眼泪》：中文互联网第一篇出圈的网络散文

1997年11月2日，网友老榕发在四通利方体育沙龙的一则帖子《大连金州没有眼泪》成为中国网络文学第一篇一夜之间火遍全网的足球博文，同时无意中将中国网络文学和世界杯联系在一起。在卡塔尔世界杯期间，在中国网络文学起源问题不断被推向深入的现在，是时候说一说在足球球迷中激发阵阵涟漪的、被誉为"全球最有影响的中文帖子"的这一重要文学文本和这一影响深远的互联网文化事件了。

一、《大连金州没有眼泪》：世界杯预选赛催生的网络论坛第一帖

历经长时间的停滞，改革开放后中国足球开始复苏。国家队于1982年冲击世界杯决赛圈，虽然成绩不尽如人意，但是看电视直播、读足球报的中国足球球迷人数初具规模。1997年中国足球迎来了1998年世界杯预选赛（亚洲赛区）。这是中国足球职业化后的第一场世界赛事，在很多球迷看来，此时的中国足球可谓兵强马壮，有实力有机会挺进世界杯。中国队在第一轮顺利晋级十强赛后，于1997年10月31日在大连金州

迎战卡塔尔队。这场有望胜利的主场赛事在当时非常引人注目。在福州的老榕及其幼子皆为中国足球球迷，不远千里飞到大连观看这场球赛。

我9岁的儿子是这样的痴迷足球，从不错过"十强赛"的每一场电视，对积分表倒背如流。他不知多少次要求去球场看一次"真的"足球。可怜他在福州，几年来只在福州看过一次香港歌星和福州企业家的"球赛"，去年夏天在厦门看了一场"银城"。就连这样的球赛，他都记得每一个细节，念叨到今天。想想孩子实在可怜，一咬牙，10月29日，我们一家三口登上了去大连的飞机。孩子都乐傻了。为了去大连。我们一家还专门备齐了御寒的大衣。儿子还专门要求在衣服上缝了一面小国旗。①

老榕一家郑重其事乘兴而来，9岁的小朋友对看球赛这件事简直是欢呼雀跃。大连人民对赛事非常关切，甚至盼望天气变冷，期待大连的寒冷天气能对中国队的比赛有所助益。

当时他对我儿子说了句："明天比今天再冷点就好了，那卡塔尔队哪见过这天气。"我儿子竟然记住了这句话，回房立即找来《大连晚报》，一看直叫不好："明天比今天高5度！"

---

① 老榕：《多情应笑我：中国电子商务第一人》，文化艺术出版社，2002，第13—19页。

老榕以较多笔墨渲染了大连金州人山人海的热烈气氛，极力凸显所有人对这场球赛的重视及对胜利的期待。没料到比赛最热闹最精彩的部分竟然是球迷自发表演的节目。

隔壁看台是正对主席台的"大连球迷协会"，显然有组织，还有一个军乐队，开赛前一个半小时就不断演奏，儿子高兴地随着他们又唱又叫。开赛前一个小时，场上就出现了火爆的场面。先是一个自称"小地主"的锦州球迷不知怎么溜下了把守严密的跑道，展开一幅巨大的"精忠报国"的条幅绕场一周；接着一群脸上涂着国旗的天津汉子展开了一面有一个看台那么巨大的国旗也绕场一周。

随后老榕笔锋一转，直接跳过了比赛过程，而是以赛场观众席氛围的低迷和幼子依旧的兴致高昂形成的对比来反衬中国队的惨败，渲染球迷对中国队爱之深、恨之切的情愫。

这时夜幕降临，温度很低，大家心里更凉，没法不冷静啊。全场的"中国队，加油！"变成了整齐的雷鸣般的"戚务生，下课！"这时，全场人，包括隔壁的"半官方球迷"，都在为卡塔尔的每一次进攻欢呼，为中国队乱七八糟的"进攻"而"冷静"！只有我可怜的儿子还不懂为什么这么多人突然不叫加油而改叫什么人下课，继续挥舞他手里的国旗嘶哑地叫着"中国队，加油"。我周围的东北汉子眼泪汪汪地看着他。好几个汉子红着眼框上来劝我们"领孩子先走吧，别往下看了！"急得我儿子要和他们拼命。

老榕并不是一个专业作家，而是一个父亲和一个球迷，带着小球迷儿子观看了一场令全国广大球迷失望透顶的世界杯预选赛，并将观看球赛的百感交集写成了一篇不到三千字的质朴文章《大连金州没有眼泪》。

　　1997年11月2日凌晨2点左右，网友老榕感于体育沙龙弥漫的失望、伤心和耻辱情绪，用电脑敲完了这篇文章，甚至都没来得及再看一遍，就发在了体育沙龙。这则帖子被版主陈彤加了编者按置顶，没想到在短短2天之内，这则帖子的点击量达2万余次，3天后点击量达3万余次。这些数字在现在看来或许并不惊人，可是在当时只有62万网民的1997年，这个数字可谓震惊中文网络。当时由于技术原因，四通利方最多只能保存300个帖子，网民留言更是寥寥。四通利方聚集的更多是网络计算机和网络专业技术人才，因为四通利方本身就是为了推广软件而设立的论坛。老榕之所以登录这个论坛，是因为他想获得电脑软件的相关信息和推广自己的电脑软件。不管怎样，这一事件成就了中文网络论坛第一帖和著名网友老榕，在新的媒介空间产生了巨大影响，显示了新媒介对人们日常生活的影响。

二、《大连金州没有眼泪》激发的文化现象：网络论坛惊人力量的先声

　　《大连金州没有眼泪》在中文互联网上所激发的惊涛骇浪还远未结束。我们在15年之后的现在回望，至少能够以事后诸

葛亮的姿态根据其后互联网的发展趋势，明晰这一互联网偶发事件的两大意义：一是它显示了互联网内容的价值，启发四通利方找到了新的互联网商业盈利模式；二是它显示了网络论坛的巨大力量，预示着以网民为主导的互联网文化将产生深远影响。

"大连金州没有眼泪"其实只是老榕文章的副标题，主标题是"10.31：足球国耻日亲历记"。这篇寄托老榕个人强烈情感的帖子迅速在广大球迷甚至非球迷中广为流传，显示了网络论坛的巨大力量。这篇文章仿佛是一个导火索，引爆了人们对中国队比赛失利所产生的失望甚至耻辱情绪。1997年11月14日，《南方周末》转载了这篇文章。据《南方周末》编辑李戎说，他们陆续收到了60多封要求转载这篇文章的电子邮件。但是为了不影响中国队的后续比赛，他们拖到中国队完成了所有赛事才将这篇文章刊出。1997年《南方周末》年终大盘点特刊《你们现在还好吗》提到了这篇轰动全网的文章。

就在几天前，一位读者给编辑部写来了他亲历的一件事：在湛江开往海口的轮船上，百无聊赖的他买下了一份《南方周末》，尚未读完，就已经泪流满面。他把报纸递给正在甲板上追逐嬉戏的一群素不相识的少年，少年们看完报纸，也如塑像般陷入了沉思。①

《大连金州没有眼泪》为何能触动这么多人的心灵？或

---

① 林军：《沸腾十五年 中国互联网1995—2009》，中信出版社，2009，第74页。

许只有1997年11月的岁月才能回答。时光无法倒流，现在正值2022年卡塔尔世界杯，球迷们已经不对中国队抱有多少期待，还仍然是世界杯的忠实观众，或许他们能体会一二。随后这篇文章陆续被当时多家期刊、报纸转载，网络上也有多个版本，甚至连标题在网络上就流传着两三个（"大连金州没有眼泪""大连金州没有眼泪""金州没有眼泪"等）。老榕成为1997年《南方周末》年终盘点的轰动人物之一，1998年被《电脑报》评为"年度十大网民"。

以《大连金州没有眼泪》这一轰动性的论坛文化事件往前看，我国网络史上能产生全国性影响的标志性事件也没几件。1995年4月，清华大学学生朱令中毒，中毒原因不明。清华大学学生将不明病症翻译成英文，通过电子邮件向有关新闻组及Bitnet发出求救，收到了1635封来自18个国家和地区的回信，实现了世界范围内的互联网询诊。1995年8月，水木清华BBS站点成立，但是并未像ACT和《华夏文摘》一样产生较大影响，也没有出圈的帖子。1996年《数字化生存》（尼古拉·尼葛洛庞帝著）在中国出版，掀起了互联网启蒙热潮。1997年《大连金州没有眼泪》在论坛的发表，看似一个偶发事件，实际上是中国互联网从无到有，从象牙塔到十字街头然后到广场狂欢的一个标志。这是它被誉为"网络论坛第一帖"的原因。《大连金州没有眼泪》的主题和内容与世界杯相关，与中国足球相关，与数目庞大的中国足球球迷相关，与当时体育在网络活动中的重要性有关。早期网络文学"三驾马车"之一的李寻欢就说："我觉得那时候的主要网络活动中，体育是特别重要的。四通利方的体育栏目是全国性的，但是各地还有一些'诸侯'。有世界杯，有冲突的时候，我们就去新浪玩，平时就在'网路茶苑'玩。"①这个帖子的背后，更是中国自1994年全功能接入国际互联网后，互联网新媒介逐渐深入人们日常生活的体现，是由网民主导的互联网文化逐渐形成的先声。

新媒介聚集用户的能力和力量蕴含着互联网经济的崛起和新商业模式的机遇。1995年5月，女企业家张树新创立瀛海威，开始向大众提供网络接入服务。网络接入服务是中国互联网最先出现的互联网商业模式。直到1997年，中国互联网的内容和服务都很少，四通利方是最先探索互联网内容服务商业模式的企业之一，而《大连金州没有眼泪》是四通利方探索新的商业模式的契机。在1997年世界杯预选赛（亚洲区）十强赛期间，四通利方体育沙龙趁机推出了关于赛事的文字内容和视频直播，不过反响平平。直到《大连金州没有眼泪》的贴出，体育沙龙才认识到了自己的力量。1997年11月底，四通利方顺势推出体育频道竞技风暴，随后又推出新闻频道。四通利方体育沙龙版主陈彤的网名Goooooal和《大连金州没有眼泪》一起出现在了《南方周末》，随后陈彤成为四通利方的第一个编辑，再来后成为新浪网执行副总裁、总编辑，执掌新浪。随着互联网网络应用、内容的增多，网民的持续快速增加，网络媒体的影响力日渐扩大，由网民主导的网络文化渐成声势。

---

① 邵燕君、肖映萱主编《创始者说：网络文学网站创始人访谈录》，北京大学出版社，2020，第37页。

三、《大连金州没有眼泪》的文学史意义：中文互联网第一篇出圈的网络散文

老榕本名王峻涛，他不仅是当时最出名的网民，还是互联网行业的从业者。1995年加盟连邦软件连销组织特许经营，之后先后主导创立了电子商务网站8848（中国第一个B2C电子商务网站）、MY8848、6688，被誉为中国电子商务第一人。他不仅是球迷，还是金庸迷，《南方周刊》的忠实读者，传统报纸电子化的早期实践者。据他说："我个人很喜欢《南方周末》这份报纸。从它1984年创刊起，每期我都有，在家里收藏着，1999年的时候，我们刚创立8848，我就想要是把《南方周末》这些年的报纸都数码化，一定是件很有趣的事。而当时那份《南方周末》1984—1998年电子版合订本就是我们做的。而且是原版原式，不仅仅是那种写字板式的内容，而是在电脑上显示的版面和你手拿这份报纸看到的效果是一样的。当时做得很费了一番周折，因为激光照排系统是20世纪80年代末才出现的，《南方周末》1984年创刊时的那些报纸还都是用过去那种铅字排版，根本没有电子版。要做光盘，必须要把老报纸拿出来用现在的激光照排方式重新排一遍。不过从那以后，现在几乎所有的报纸都出了类似于这个的电子版本。我觉得这是件很有意义的事。"[①]

《大连金州没有眼泪》用电脑创作，首发网络，以朴素真挚情感引发共鸣，是一篇优秀的网络散文；是继《图雅的涂

---

① 梁宏：《数码江湖行　老榕数码经》，《多媒体世界》2004年第4期。

鸦》之后，发源于中国本土的第一篇被广泛传播的散文文本。我国第一个论坛水木清华和第一份电子刊物《神州学人》皆未能产生有影响的文本，反倒是成立稍晚的四通利方旗下的两个论坛（体育沙龙、金庸客栈）产生了很多具有广泛影响的网络文学文本。金庸客栈的源头性地位和价值已经被很多学者发掘。体育沙龙诞生了《大连金州没有眼泪》这样的论坛第一帖，其源头性地位和价值同样不容忽视。

20世纪90年代初期，中国留学生在英文网络中借船出海，在北美利用电子邮件、电子邮件列表、新闻组等早期互联网应用，解决了汉字在英文网络中的输入、传输、显示等技术问题，以中文网络媒体为载体，最先尝试网络文学创作。中国全功能接入互联网之后，互联网这片蓝海被海归（从海外归来的创业者）、极客（本土技术人才）和商人等弄潮儿最先掀起波澜，电子邮件、论坛、网页等网络应用纷纷发展起来，互联网商业、制度、文化、文学纷纷创立。《大连金州没有眼泪》就是在这样的背景下应运而生，在线上、线下形成传播和讨论热潮。

《大连金州没有眼泪》是网络媒体在社会生活中发挥越来越大作用的先声，是网络论坛崛起的先声，是论坛时代中国网络文学繁荣的先声。网络论坛是网络大众化的起始，无数网民在论坛上留下精彩篇章，从此互联网UGC（用户生产内容）模式开始发挥重要作用。随后互联网内容的繁荣，及中国互联网用户的持续快速发展，无数垂直细分的互联网内容开始诞生、发展，网络文学就是其中的重要组成部分。网络文学在网络论坛时代经历了充分发展，形成了网络文学的广场形态。笔者已经在第一章中对此形态的基本特征做了详细论述，在此不再赘述。

武侠和体育是坊间最感兴趣的两个话题，以此为话题的金庸客栈和体育沙龙可谓是有了聚集人群和传播文本的先天优势，因此以世界杯预选赛为内容的《大连金州没有眼泪》的走红并非偶然。《大连金州没有眼泪》的生产和传播模式开启了论坛时代网络文学生产和传播模式的大幕，电脑写作，线上发表，网络传播，线下出版成为这一时期网络文学最具代表性的生产和传播模式。

在网络社会已经形成的今天，论坛时代早已落幕，网络文学在媒介、资本和产业的规范下形成了长篇类型小说的大潮，并以IP商业运营为中心和路径，其类型、文本叙事中蕴含的文学趣味和文化范式逐渐影响影视等大众文化娱乐形式。可是世界杯仍在继续，人们对世界杯的热情仍在继续，在此时叩问《大连金州没有眼泪》这一重要文本和文化现象，既能追思历史，又能着眼当下。以鲜活的当下反观不断远去的历史，而不是沉湎于摩挲文学史中累累的冰冷的墓碑，是笔者愿意尝试的研究方法。

第三章

媒介与生产

媒介视域下中国网络文学叙事生产的进路、特征和新趋向

很多人将中国网络文学和美国好莱坞电影、日本动漫、韩国电视剧并称为世界四大文化现象，其实美国好莱坞电影、日本动漫、韩国电视剧是在电子媒介技术环境中形成的文化工业，而中国网络文学是在新的互联网环境下形成的文学产业。中国电子媒介发展和普及较西方和东亚发达国家稍晚，错过了最佳的电影、电视剧、动漫等电子媒介的发展期和积淀期。但是中国互联网发展突飞猛进甚至后来居上，电子媒介和互联网共时、融合发展的独特环境孕育了在全球独领风骚的中国网络文学。中国网络文学是以互联网媒介为载体和介质的文学，其发生发展、生产消费、形态特征等基本和重大问题必然要在中国新媒介的发展进程中考察。我国经济腾飞、互联网崛起发展历程的独特性，决定了网络文学的形态特征和发展趋向，形成了中国网络文学叙事生产和消费的基本特征。从中国留学生在20世纪80年代末90年代初开始在早期互联网进行文学创作的技术实验，到最近互动阅读的出现和流行，中国网络文学的叙事生产发生了什么变化？本章尝试论述中国网络文学叙事生产的背景、进路、特征和发展新趋向。

一、丰盛景观：全球新媒介叙事生产的新症候

在后工业和大众传媒时代，大众媒介的爆炸式发展引发了伊尼斯、麦克卢汉、尼尔·波兹曼、莱文森等研究者的持续关注，这些研究者的研究成果推动了媒介环境学的崛起；在新媒介环境里，物的生产和消费逻辑的变迁与特征吸引了鲍德里亚的注意。科学和技术的发展再次形塑世界，形成新的生产和消费景观，中国网络文学叙事的生产和消费就是其中的一部分。

（一）物的三种生产模式

计算机、互联网和以往的电子媒介最大的区别，在于信息的存储和传输方式是数字化还是模拟化。计算机和互联网的数字化克服了模拟信息的不准确性和模糊性，为信息的控制、交换和存储开创了一个新纪元。被视为信息论之父的香农将信息定义为发送者传递给接受者的信息，他利用数学方法解决了怎样最大限度保障信息在无数的噪声中从发送者准确传达至接受者的问题。香农的信息概念是为了解决问题而设置的，范围很窄，为信息赋予了数学价值和数字、字母本体。可是香农的信息论应用范围非常宽广，世界皆可被数字化，0和1成了创世的新材料。在网络刚刚诞生的20世纪70年代，麦克卢汉和鲍德里亚就开始研究代码的形而上学了。麦克卢汉指出了网络代码的创世性："数学家莱布尼茨在只有0和1的二进系统那神秘的优美中看到了创世的形象本身。他相信，最高存在的统一性通过二进制功能在虚无中的操作，足以

从中拉出所有的存在。"①鲍德里亚在马克思主义生产理论的基础上，将从文艺复兴至今的物的生产模式分为三种：

仿象的三个等级平行于价值规律的变化，它们从文艺复兴开始相继而来：

——仿造是从文艺复兴到工业革命的"古典"时期的主要模式。

——生产是工业时代的主要模式。

——仿真是目前这个受代码支配的阶段的主要模式。

第一级仿象依赖的是价值的自然规律，第二级仿象依赖的是价值的商品规律，第三级仿象依赖的是价值的结构规律。②

鲍德里亚所谓的"第一级仿象"或"仿造"，实际上是手工生产模式；所谓的"第二级仿象"或"生产"模式，实质上是商品生产模式；所谓的"第三级仿象"或"仿真"模式，实际上是拟像生产模式。鲍德里亚的三级仿象，实际上是社会产品（农产品、手工业产品、工业产品、文艺作品、数字产品等）在农业革命、工业革命和信息革命不同发展阶段不同生产模式下的物的呈现形式。

在西方文艺复兴之前，不管是农产品还是手工业产品，都是人通过劳动（或者在简单工具的辅助下）直接从自然中获得的，人和自然被劳动、工具联系起来，自然成为人生存的场所、实践的对象、希望的母亲、诅咒的恶魔、梦幻的对象，更

---

① 让·鲍德里亚：《象征交换与死亡》，车槿山译，译林出版社，2009，第72页。
② 同上书，第61页。

是艺术的母体和文学背后的大叙事。工业革命是人类发展史中的巨变，劳动工具得到改进，蒸汽机、电力、自动化的使用改变了传统的手工业。在科学和技术的加持下，人类的肌肉力量得到前所未有的延伸，生产力得到极大提升，造成了商品、物品等极大丰富的现象。关于这一社会转变和物的丰盛现象，很多社会学家、哲学家都指出了这一点。马克思在《资本论》第一卷指出："资本主义生产方式占统治地位的社会的财富，表现为'庞大的商品堆积'。"①德波认为，"在现代生产条件无所不在的社会，生活本身展现为景观的庞大堆聚"②。当越来越多的商品和服务涌入社会，加尔布雷思判断美国进入了"富裕社会"③；鲍德里亚指出："在我们的周围，存在一种由不断增长的物、服务和物质财富所构成的惊人的消费和丰盛现象。它构成了人类自然环境中的一种根本变化。"④在物的丰盛现象发生的同时，叙事丰盛景观同时发生了。

从工业时代的生产到代码时代的仿真，数字代码、影像自身成为DNA，成为建构世界的材料和密码。鲍德里亚将仿真的产物称之为拟像。博尔赫斯在《科学的严谨》中讲述：绘图学会绘制出一幅跟帝国的疆土一般大小并完全契合的地图。对地图学并不那么热衷的后人发觉那么大的地图其实并没有用处，因此不无残忍地任由地图被日晒雨淋，这幅精妙绝伦的地图最

① 马克思：《资本论》，中共中央马克思恩格斯列宁斯大林著作编译局译，经济科学出版社，1987，第9页。
② 德波：《景观社会》，王昭风译，南京大学出版社，2006，第3页。
③ 约翰·肯尼思·加尔布雷思：《富裕社会》，赵勇等译，江苏人民出版社，2009。
④ 鲍德里亚：《消费社会》，刘成富、全志钢译，南京大学出版社，2014，第1页。

终化成了残破不堪的碎片。鲍德里亚在《拟像与仿真》中将这篇小说视为关于仿真的寓言，并断言拟像不再是对国土、事物或指涉物（即真实世界）的模拟和仿造，仿真是没有起源的生产，仿真生产模式下领土将不再先于地图存在。相反，地图将生成国土，拟像将生成超真实，超真实的领土将是真实的荒漠。

（二）全球叙事丰盛景观

在鲍德里亚之前，本雅明就关注到机械、电力技术主导下的工业生产方式带给艺术的影响。他指出水平越来越高、应用越来越广泛的机械复制技术"能够运用在一切旧有的艺术作品之上，以极为深入的方式改造其影响模式，而且这些复制技术本身也以全新的艺术形式出现而引起注目"[1]。本雅明指出了在现代生产模式下，技术和媒介对艺术的影响方式和结果，他重点考察摄影、唱片、电影（电子媒介）等较之画报、周刊（印刷媒介）等更具革命性的复制技术的应用带给艺术作品的影响，得出的结论是越来越精湛、越来越多的复制作品破坏了艺术作品的"灵光"（意义，最本质的东西——笔者注）[2]。具体来说，复制作品破坏了原作的完整性和仪式性，增加了自身的独立性和传播度；而新诞生的复制性更强的新艺术，更加贴近大众而非仪式，从一开始就不再拥有传统作品的"灵光"。

本雅明、鲍德里亚和麦克卢汉对电子媒介和互联网的关注

---

[1] 瓦尔特·本雅明：《摄影小史》，许琦玲、林志明译，广西师范大学出版社，2017，第66页。

[2] 同上书，第68页。

各有侧重，麦克卢汉主要侧重新媒介对人和环境的影响，鲍德里亚主要关注新媒介对物的存在、生产和消费的转变，而本雅明则发现了机械复制技术——新媒介和技术的重要特征——对艺术领域的颠覆性改变。从手工、印刷、电子到网络，复制技术得到极大发展，并对物的存在、生产和消费均产生了重大影响。更重要的是，机械复制和数字生成技术大大增加了叙事的生产和传播，一是使原来就存在的神话传说、戏剧、小说、科幻等虚构故事或文艺文本以更大的数量传播至更远的空间，接触到更多的人群，即大大增加了原有叙事的数量和传播性；二是机械复制和数字生成技术诞生新的艺术形式，生产和增值更多的叙事，如动漫、电影、电视剧、网络小说、网络视听、游戏等。美国好莱坞电影、日本动漫、韩国电视剧、中国香港电影和流行音乐（音乐中暗含的叙事）等就体现着电子媒介叙事的繁荣。电子游戏和网络游戏更是在全世界产生了深刻影响，游戏玩家成群结队地放弃了现实，投入游戏的虚拟空间，在虚构的空间或故事中接受目标、规则和反馈，获得成就感和幸福感。原有的叙事和新增的叙事在互联网这一理论上可以无限大的虚拟空间汇聚，形成了全球性叙事丰盛[1]景观。

印刷术、电子媒介和网络媒介的快速发展和广泛应用，使得叙事激增，数量可观的叙事充溢、占据着日常生活，包围着人们，便无可避免地改变着人们的生活方式。日本电子媒介技术发展较早，漫画、动漫、特摄片、电子游戏非常发达，虚构叙事的累积导致20世纪70年代在日本出现了一种新新人类——

---

[1] 鲍德里亚曾在《消费社会》中将在现代生产条件下形成的商品堆积现象称为"物的丰盛"，笔者将全球性叙事激增现象称为"叙事丰盛"。

"御宅族"，这是"和漫画、卡通动画、电玩游戏、个人电脑、科幻（SF）、特摄片、公仔模型相互之间有着深刻联结、沉溺在次文化中的一群人的总称"①。御宅族沉溺其中的次文化被称为"御宅族系文化"。御宅族最明显的行为特征是不信任现实事物和非御宅族，沉溺于虚构及其相关周边产品，热衷收藏特摄片卡片、漫画书籍、公仔模型等虚构故事的碎片（或者说虚构故事的周边产品），参加同人集会，玩电子小说游戏，也就是说御宅族的生活充斥的虚构叙事远远多于现实。

一方面是文学、电影、电视剧、游戏等叙事的激增，另一方面广告物语也和叙事一起推波助澜，二者共同推动了人类社会从现实向虚拟的大迁徙。在工业革命之后，尤其在机器、流水线、自动化等的广泛应用后，生产效率大大提升，物品和商品繁多。鲍德里亚尝试为繁多的物品分类，总结、论述了物品的功能性、非功能性、元功能性及其意识形态性。值得关注的是，鲍德里亚和麦克卢汉同时将目光投向了广告。广告是物品的形象、论述、说服，也是物品的馈赠、虚构、事件。因此，广告因物品而诞生，也能脱离物品而存在、传播，被人们接受。事实上，广告营造的氛围、建构的理想物品形象和潜在的诱导人们接受的生活方式，就是商品叙事。广告和商品通过印刷品、广播、电视、电影、互联网传播，制造出数不胜数的商品叙事。

物语也是和商品一起出现的，在20世纪80年代，日本民俗

① 东浩纪：《动物化的后现代——御宅族如何影响日本社会》，褚炫初译，大鸿艺术股份有限公司、大艺出版事业部，2012，第10页。

学家、学者、评论家大塚英志观察到日本孩子喜欢购买"仙魔大战巧克力"（一种糖果），目的是收藏糖果里附带的贴纸，而随手将糖果扔掉。大塚英志注意到，每张贴纸上都有一个原创的角色形象及其介绍"魔鬼世界的传闻"世界观的信息，即这些贴纸实际上相当于一个个故事碎片，而孩子们购买贴纸的动力来源于对贴纸背后故事世界的好奇。这些附加在商品之上的叙事被称为物语。

商品生产和消费的过程催生了广告和物语，广告和物语生产着叙事，成为世界叙事景观的一部分；同时叙事成为商品的一部分，为商品增值或促进商品的消费，或叙事本身成为商品（比如广告、剧本杀）。

直言之，工业革命和媒介革命使得世界发生了巨变，一是不断发展的媒介更新人的生存环境，不断延伸人的感觉器官，不断培育人更多对物和叙事的需求；二是机械复制和数字生产技术的广泛应用对叙事生产产生重大影响，一方面大量复制和传播原有的叙事，另一方面制造新的艺术形式，进行新的叙事生产，叙事丰盛成为文艺生产的世界景观；三是在商品的生产和消费过程中，催生了广告和物语，广告和物语带来了大量叙事，物的丰盛带来了叙事丰盛。

二、中国网络文学叙事生产的进路和特征

中国网络社会在我国经济腾飞中形成，是改革开放伟大成就的一部分，媒介变革既是改革开放的引擎，又是改革开放的

成果。在此进程中，商品生产和叙事生产同步进行，物的丰盛和叙事丰盛并行不悖。

（一）我国社会经济和媒介发展的特殊背景

自1978年改革开放以来，我国经济总量持续快速增长，1991年在全球排名第十一位，随后排名逐年上升，自2010年至今一直保持全球排名第二位，且与排名第一的美国的差距逐年缩小。在中国经济腾飞的过程中，工业化和城市化快速推进，商品生产成为物的生产的主要模式，物的丰盛成为一道重要的城市景观。随着经济的发展和互联网的兴起，网络文学、网络视频、有声书、网络游戏、直播等新的文艺、娱乐形式逐渐兴起。

在中国接入互联网之前，中国当代文学的生产场主要在期刊，生产的主要是纯文学。"我国的文学艺术类期刊数量较多，拥有众多读者。以1987年为例，全国有文学艺术类期刊694种，占期刊总数的12.2%；年总印数为4.84亿册，占全国期刊年总印数的18.69%。"①纯文学的生产主要靠计划经济的统筹，中国当代文学生产场转到由供求关系决定的市场中后，纯文学的生产和大众的需要之间的矛盾很快显现。就算是大刊名刊的发行也十分不力，《人民文学》《收获》《当代》的订数分别从150万、120万、55万下降到10万册左右以下，中小型期刊更加不堪，基本处于亏本经营状态。与纯文学的一败涂地相比，大众文化期刊《故事会》《读者》在1995年的发行

---

① 高明光：《新中国的期刊出版事业》，《出版工作》1989年第4期。

量突破400万，"《故事会》现象"和"《读者》现象"引人注目①。在20世纪90年代末期，纯文学的生产已经远远不能满足大众的需求，或者说他们从未满足大众需求，而"《故事会》现象"和"《读者》现象"仅仅是商品生产时代叙事生产的端倪而已，更大体量的叙事生产要等待网络文学的勃兴。在20世纪90年代改革开放和媒介变革之际，物的生产带来了物的丰盛，同时酝酿着消费社会和叙事生产，中国的消费风暴和叙事丰盛将在互联网中爆发。

我国电子媒介、互联网的使用和研究情况和西方、东亚等国家不同，主要表现在两个方面：其一，不管是电子媒介还是网络媒介，在中国的引进、发展和研究都稍滞后于西方（如欧洲和北美）和东亚发达国家（如日韩）。1939年，美国无线电公司开始播放电视节目，在二十世纪七八十年代，西方国家和日本的电子媒介已经发展成熟，而我国在20世纪80年代才开始使用电子媒介。以法国、日本和我国收音机、电视机的使用和普及为例，法国在1980年、1990年、1996年每1000个居民分别拥有收音机741台、888台、943台，电视机353台、402台、591台；日本在1980年、1990年、1996年每1000个居民分别拥有收音机678台、899台、957台，电视机539台、611台、684台②，可见法国、日本的收音机、电视机等电子媒介

---

① 数据引自邵燕君：《倾斜的文学场　当代文学生产机制的市场化转型》，江苏人民出版社，2003，第27—32页。

② 数据来源于《美国统计摘要》（1988年），联合国教科文组织统计数据。引自电话、电视机和收音机普及率（1999年），http://www.stats.gov.cn/ztjc/ztsj/gjsj/1999/200203/t20020306_50308.html，2022年7月20日查询。

　　　　　　　　　网络文学：媒介、文本和叙事

的普及程度之高。而中国在1980年、1990年、1996年每1000个居民分别拥有收音机55台、181台、195台，电视机9台、267台、319台。我国在1994年才开始接入国际互联网，开启互联网的基础设施建设，而此时的美国已经完成早期互联网的建设和发展，进入Web2.0阶段。从20世纪20年代广播诞生至今，电子媒介和网络在西方已历经100年的发展。从上面的数据看，我国的收音机、电视机等电子媒介自1980年才开始逐步普及，至2000年我国拥有电视机304.2万台，2003年拥有电视机350.3万台（不含中国香港、澳门和台湾等地区）[1]，远远不及法国、日本在1980年电视机的普及率。当鲍德里亚断言当下模拟占支配地位，揭示"模拟时代"[2]的符码统治秩序和特征的时候，当麦克卢汉通过历史的后视镜，考察媒介对人和社会的影响，并预言地球村的时候，当恩森斯伯格尝试在马克思主义生产力和生产关系的框架之下解决媒介和大众的新问题，企图建立新的媒介理论的时候[3]，电子媒介在我国尚未得到大规模使用。20世纪80年代末我国开始探索、试验互联网技术，1994年接入国际互联网，2016年我国信息化水平在全球排名第25位，信息化水平超过"二十国集团"（G20）的平均水平。2021年底网民规模达10.32亿，互联网普及率达73.0%［数据来源于中国互联网络信息中心（CNNIC）发布的

---

① 电视机、有线电视用户及个人计算机普及率，http://www.stats.gov.cn/ztjc/ztsj/gjsj/2004/200608/t20060816_54377.html，2022年7月20日查询。
② 鲍德里亚：《生产之镜》，仰海峰译，中央编译出版社，2005，第187页。
③ Hans Magnus Enzensberger, "Constituents of a Theory of the Media", New Life Review64（1970）: 13.36.

第49次《中国互联网络发展状况统计报告》①]，我国成为世界上最大的数字社会。中国互联网在较短时间内完成了从起步、接入、崛起，从基础建设到商业化、主流化和社会化，这也是我国改革开放的伟大实践和经济腾飞的见证和成果。我国的电子媒介和互联网的建设和发展在很大程度上是同步发展的。由于社会经济发展和媒介环境的不同，中国网络文学叙事生产的进路、景观和西方、日本不尽相同，具有十分明显的中国特色。

（二）中国网络文学叙事生产的方式

中国网络文学叙事生产是机械复制媒介环境中的传统文学和通俗文学叙事生产的再生产。德国谷登堡发明的活字印刷术，犹如被卡德摩斯种在松软土地里的龙牙，最终长出了一排一排的武士。现代印刷术是第一个将手工业机械化的技术，印刷品（书籍、报纸、刊物、小册子等）的大规模生产代表着技术变革，并催生了更多的科学和文化变革，在欧洲对经济、政治和文化产生了持久而深远的影响，促进了工业革命和现代社会的来临；而我国在公元7世纪唐贞观年间就发明的雕版印刷（比西方早约700年），11世纪北宋庆历中毕昇发明的活字印刷（比德国谷登堡活字印刷早约400年），则受到皇权和绅权的压抑，变革的种子仿佛被埋进了雪地里，没有发芽成长的机会。钱存训在考察印刷术在中国传统文化中的作用时说：

① 中国互联网络信息中心，http://www.cnnic.net.cn/hlwfzyj/hlwxzbg/hlwtjbg/202202/t20220225_71727.htm，2022年7月26日查询。

"印刷术在中国发明一千多年以来，直至19世纪末期，在这个很长的期间，它对当时的政治、社会、思想和学术并未产生像在欧洲那样的激烈变革，反而成为保持中国固有文化和社会稳定的一种重要工具。"[1]在考察中国古代文字记录的时候，对中国印刷术的评价也不高："印刷术的发明是书籍发展史的一个里程碑，但它只是改变了生产的方法和增加了产量，至于书籍的实质、内容和形式，与采用印刷术以前都没有重大的变化。"[2]直到19世纪末20世纪初，西式印刷在我国的使用逐渐广泛，上海成为现代印刷业中心。现代印刷术的广泛使用，现代出版业的日益发达，现代印刷媒介环境成为催生中国现代文学的重要因素。值得我们注意的是，现代印刷媒介环境里的现代文学、当代文学，和古代文学有一点是一脉相承的，即文学关注的对象仍然是自然和社会现实。或者说，古代文学、现代文学和当代文学是竖在人与自然之间的一面镜子，是照耀人类精神的一盏灯，是关乎自然的写生，是"自然主义性的写实主义"[3]。"自然主义性的写实主义"是大塚英志论述日本轻小说时的提法，他将日本轻小说之前的日本纯文学的创作方法称为"自然主义性的写实主义"，将日本轻小说的创作方法称为"漫画·动画性的写实主义"[4]，东浩纪在《游戏性写实主义的诞生：动物化的后现代2》一书中认同并承续了这种提法，

---

① 钱存训：《印刷术在中国传统文化中的作用》，《文献》1991年第2期。

② 钱存训：《书于竹帛：中国古代的文字记录》，上海书店出版社，2006，第2页。

③ 东浩纪：《游戏性写实主义的诞生：动物化的后现代2》，黄锦容译，唐山出版社，2015，第45页。

④ 同上。

并根据日本轻小说的新发展，提出了"游戏般的小说"秉承的是"游戏性写实主义"①。由于中国和日本媒介发展路径的不同，"自然主义性的写实主义"可以借鉴，但是"漫画·动画性的写实主义""游戏性的写实主义"不能照搬。

虽然古代文学和现代印刷媒介环境里诞生的现代文学、当代文学是"自然主义性的写实主义"的文学，但是其和自然不协调的部分、夸张幻想的部分，尤其是通俗文学和类型文学的部分，经机械复制技术大量生产和广泛传播，推陈出新，成为网络文学叙事的资源库、想象力的环境和建造网络文学世界观的基础材料。神话和释、道等宗教故事，历史及其演义，传奇、神魔、志怪、人情、英雄等古代小说，武侠、言情、科幻等类型小说成为网络文学叙事生产的主要材料，成为建构玄幻、修真、仙侠、历史、穿越、宫斗、宅斗、科幻、言情等网络类型小说的主要框架。《山海经》等（也包括《山海经》仿作《神异经》《洞冥记》《十洲记》《括地图》等）神话传说生成玄幻、修真、仙侠类网络小说世界观的初始蓝图，《红楼梦》等古代言情小说成为宫斗、宅斗类网络小说建构后宫宅院和家族叙事的蓝本，历史、演义、志怪、传奇、神魔、英雄等历史和虚构中出现的人物，成为网络小说塑造人物形象的主要想象力来源，也是大量同人小说的主要模仿和复制对象。

以印刷媒介叙事为主要原材料的网络文学叙事的再生产体现出三个重要特征：其一，将历史和虚构皆视作网络文学叙事

---

① 东浩纪：《游戏性写实主义的诞生：动物化的后现代2》，黄锦容译，唐山出版社，2015，第135页。

的原材料，二者对网络文学叙事生产而言是毫无差别的存在。因此在网络文学中鲜少印刷时代的线性时间（正史），线性时间化为碎片，漂浮于幻想空间的大海。其二，互联网本质上是地图先于国土的虚拟空间，网络文学叙事不再把自然和真实作为模仿对象，不再是自然和真实的"地图"或镜子，不再关注人类的精神和心灵史，而是根据人类的需要——身体的，欲望的，也不排除精神和心灵的——进行叙事生产。这种生产方式和商品的生产方式非常相似，是物的生产的一部分。其三，网络文学叙事再生产最大限度发挥了机械复制技术的功用，它不依赖自然和真实，转而强调原材料和人的需求，因此它依赖流行和热点，同时制造流行和热点，和物的丰盛一起形成叙事丰盛。

中国互联网的快速发展为网络文学叙事生产提供了技术引擎和平台支撑，不断增长的互联网用户为网络文学叙事生产提供了新的大量需求，在互联网时代迅猛成长的动漫、游戏成为网络文学叙事生产的新原料。中国互联网发展庞大的动力和实力越来越显露无遗。综合《中国互联网20年：网络大事记篇》[1]《中国互联网20年：三次浪潮和三大创新》[2]和《绚丽变革：互联网改变中国》[3]等的表述，中国互联网从1994年至今的发展历程可以分为四个阶段：1994—2001年是中国互联网创新应用的1.0阶段和门户网站时代，此时互联网处于探索和基础

---

[1] 国家互联网信息办公室、北京市互联网信息办公室编著：《中国互联网20年：网络大事记篇》，电子工业出版社，2014。

[2] 方兴东等：《中国互联网20年：三次浪潮和三大创新》，《新闻与传播（人大复印）》2014年第6期。

[3] 孟昭莉等：《绚丽变革：互联网改变中国》，人民邮电出版社，2019。

设施建设时期，社会上开始出现互联网接入和供应服务。自1999年始，网络成为中国第四大传媒形态。2001年中国网络用户达3370万，网络普及率为3%。此时最具代表性的网络媒体是电子邮件、博客、门户网站等。2002—2008年是中国互联网2.0阶段和社交网络时代，这个阶段中国互联网摸索出SP（互联网服务供应）、网络游戏和网络广告等三大盈利模式，每一项年收入均可达数十亿元。网络媒体的影响力迅速提升，网民主导网络文化的格局开始形成。此时最具代表性的互联网应用是博客、视频、SNS（社交网络服务）等。2008年，中国网络用户达3亿，网络普及率为22%，此时全球网络用户达15.87亿，网络普及率为23.9%，"2008年3月我国网民数量和宽带网民数同时超过美国。"①2009—2014年是中国互联网的3.0阶段和移动互联网时代，即时传播阶段开启，智能手机等硬件设备和网络基础设备迅猛发展，移动互联网市场呈爆发式增长，移动支付、移动社交、团购等不断普及。"2011年第二季度中国个人电脑（PC）销量首次超过美国，2011年第三季度中国智能手机销量首次超过美国。2012年6月，中国网民数量（5.38亿）超过美国（2.45亿）两倍以上，也超过美国、日本、德国、英国和法国等五个发达国家总和。"②2015年，中国网络用户约7亿，网络普及率为50%，全球网络用户为30亿，网络普及率为40%。2015年至今是"互联网＋"全面发展时代，互联网、物联网、云计算、大数据、人工智能等技术与

① 方兴东等：《中国互联网20年：三次浪潮和三大创新》，《新闻与传播（人大复印）》2014年第6期。

② 同上。

各行业全面融合发展。2021年底，中国网民规模达10.32亿，互联网普及率达73.0%，成为全球最大的数字社会。[①]

自1840年鸦片战争始，中国被拖进了以西方为主导的现代化世界格局，开启了漫长的现代化进程。但此后中国经济的现代化是集中在改革开放后至今的四十余年完成的。西方的工业时代和后工业时代，电子媒介时代和网络媒介时代，二百余年的工业发展和媒介变革，在我国几十年间集中发展起来。1978年以来，我国经济发展的成就举世瞩目，中国互联网的飞跃式发展是改革开放以来中国经济发展的缩影和代表。中国全面深刻的改革开放和庞大的网络用户支撑着中国互联网的商业制度和文化创新。纵观中国媒介史，印刷术在中国发源，经过波斯、土耳其、俄罗斯等国家，最终到达了欧洲，并在欧洲完成了从工具到机械，从机械到机器，从机器到自动化生产的现代转变。而和印刷术相辅相成的更加成熟完备的造纸术，更是直接从中国移植到了欧洲。但是中国的雕版和活字印刷被帝制和绅权压制，没有进一步机械化。电子媒介在我国引进和使用得并不晚，但是由于1840—1949年的战争和动乱，发展和普及远远落后。直到互联网的发展出现了转机和超越，才有机会和实力领先世界。互联网每一阶段的技术发展和庞大的用户基数都为新的媒介融合提供了技术和用户支撑，这也是考察中国网络文学叙事生产的社会基础和媒介环境。

中国互联网的急速发展，涵盖、融合了印刷、电子媒介变

---

① 中国互联网络信息中心，http://www.cnnic.net.cn/hlwfzyj/hlwxzbg/hlwtjbg/202202/t20220225_71727.htm，2022年7月26日查询。

革，同时也掩盖了媒介变革的激烈变动（最近三年来，报纸大面积停刊，电视频道也进入关停潮）。当互联网覆盖人群、产业和消费的时候，也覆盖了报纸、杂志、书籍等印刷媒介，收音机、有线电视、电影等电子媒介。电子媒介在我国独立发展的时间短，尚未得到充分发展就在数字化的浪潮中转移到线上发展，实现了新旧媒介的融合。我国没有经历西方和日韩的收音机、电视、电影等电子媒介的积累期，没有出现像美国好莱坞电影、韩国电视剧，日本动漫及特摄等电子媒介时代的发展成就，而是出现了网络长、短、微视频的繁荣；我国网络文学缺少西方那种激进的实验性质的超文本，而是涌现了大量的类型小说文本；20世纪90年代在日本就流行的电子小说游戏（Novel Game），成为最近才出现的互动阅读。互动阅读和电子小说游戏在形式上有着相同之处，但绝不是日本电子小说游戏的重复，它预示着中国网络文学叙事的虚构生产出现了新形式，这一点将在下面论述。很早在西方或东亚发达国家流行的视听文艺形式在我国互联网时代才出现新的发展，这些是由电子媒介在中国特殊的发展进程，和互联网在中国的快速持续发展，庞大的网络用户和不断融合的媒介所决定的。这也许能回答有些学者的追问，为什么全世界都有互联网，只有中国出现了蔚为壮观的网络文学现象。

我国互联网的普及和用户数后来居上，越来越庞大的用户和越来越多的网络媒体、网站和应用（APP）决定了网络文学的形态特征和发展走向。不断变迁和增加的用户需求和快速更新迭代的网络技术催生了中国独特的网络文学文本、类型和现象。2014年之前，电子媒介（收音机、电视、电影等）的叙事生产和网络文学叙事的生产是同步发展的，电子媒介叙事生产无法快速为网络文学叙事生产提供丰厚的叙事土壤和根基。2014年之后，网络文学、游戏、影视、动漫、有声书、网络直播在互联网上共同成长、发展和蓬勃。游戏、影视、动漫、有声书、网络直播为网络文学叙事生产提供了新的原材料，增加了新类型，促进了更多的网络文学叙事生产，游戏竞技、直播、二次元等类型就直接来源于游戏、直播、漫画和动漫的蓬勃发展；同时网络文学的叙事生产成为游戏、影视、动漫、有声书的重要改编来源。据《2021中国网络文学蓝皮书》，2021年"全国45家主要网络文学网站全年营收超200亿，新增1787亿字；网络文学IP改编影视剧目超过100部，在总播映指数前十的剧目中，网络文学IP占到六成；网络文学改编动漫成为国漫主力，2021年改编30多部，占全年新上线动漫的50%左右；微短剧中网络文学IP改编作品占比逐年提高，2021年新增授权超300个，同比增长77%，网络文学IP微短剧数量占比由2020年的8.4%提升至30.8%，同比扩大226%；有声改编规模急速增长，截至2021年，主要网络文学网站IP有声授权近8万个，占IP授权总数的93.13%，其中2021年新增4万余个，同比增长128%，成为目前网络文学存量与增速最大的IP类别；剧本杀进入年轻人娱乐潮流选择的前五名，选择用户占比达36%。游戏改编高度精品化，全年有3款改编新游上线"①。2014年以来，网络文学叙事生产的规模庞大，不仅在网络文学网站、APP以电子文本或有声文本的形式被读者阅

---

① 虞婧：《中国作协在郑州发布〈2021中国网络文学蓝皮书〉》，载中国作家网公众号，2022年8月10日。

读、收听和消费，还以故事、剧本的形式（IP）被影视、动漫、游戏等改编，更被翻译、传播到海外，修真、玄幻等带有显著东方色彩的叙事文本受到追捧。这种巨量叙事生产景观形成了独特的中国网络文学幻想世界。

在这种巨量叙事生产的眩晕中，在网络文学、游戏、影视、动漫、有声书、网络直播等之间的相互影响和融合发展中，网络文学叙事生产出现了新变。

三、网络文学叙事生产的新趋向

最近五年来，互动阅读悄无声息地发生、发展并壮大了。橙光、闪艺、易次元、一零零一、欢乐客等互动阅读APP平台提供了多种类型的互动阅读文本，读者可选择某一角色开启故事，并由于读者不同的选择而生成不同的剧情和结局，和传统网络文学有着不一样的阅读体验（有画面、声音、互动等），和游戏有着相似的特征（做任务、升级等），也令人产生了互动阅读到底是网络文学还是网络游戏的疑惑。互动阅读的出现，是网络文学在网络社会新的发展阶段和新的商业模式下出现的发展和变异，是网络文学叙事生产的新趋向：数字拟像的出现和仿真生产。

（一）互动阅读：从文字文本到融合文本

互动阅读充分体现了互联网媒介融合的特征，其呈现形式与传统网络文学文本不同，除了网络文学文本（剧本），还有动画（重点体现环境和漫画式人物形象）、游戏、音乐、画外音和表情包。这就意味着互动阅读充分综合了动画、游戏、音乐、表情包等青少年比较喜爱的元素，通过形式融合，成为一个综合性的融合文本。

现在互动阅读融合文本主要有两种倾向：有的更侧重剧情，有的更侧重游戏。在互动阅读的每一帧画面中，动画（人物形象，环境）、游戏（攻略和任务）和剧本（文字部分）占据着较大的比例，这种形式和连环画（小人书）相比，画面更加着重表现角色，因而其呈现的动漫人物形象更加鲜明。互动阅读一般是第二人称剧本，将读者选择的角色名称直接标识为"你"，读者仿佛与融合文本中的其他角色在交流，充分发挥读者的主动性，因此读者的代入感和沉浸感更强。读者可以根据互动小说的设置，和自己的偏好决定"我"的形象和剧情走向，获得不同的故事过程或结局，因此读者的体验感更强。

互动阅读的融合文本和网络文学的传统文本相距甚远，出现了重大变迁。一般网络文学研究者、写作者和从业者将网络文学定义为在网络上原创首发的文学作品，这很容易与纯文学的电子版相混淆。这也说明，网络文学文本并不能和纯文学文本进行明显的非此即彼的区分。事实上，网络文学叙事生产就是由于机械复制技术的极大发展，是新媒介叙事生产和积累的产物，又由于电子媒介在我国发展得不充分，中国网络文学叙事生产是以印刷文本的叙事生产为主要原材料的，因此中国网络文学文本和传统印刷文本二者之间本就有着千丝万缕的联系。在网络文学发展之初，很多网络文学作品通常先在网络上积攒人气，然后印刷出版。二者之间最大的区别不在于文本形式，而在于二者的生产方式及其结果的不同。网络文学叙事生产最终距离自然和社会的大叙事越来越远，自成一个世界，满足了人们对于想象、虚构和故事的需求；而纯文学始终在自然和社会的大叙事的范畴内，以生产意义为目标。到了互动阅读，网络文学文本不再是单纯的文字文本，综合了漫画、动画、游戏、音乐等新媒介的发展成果，在文字文本的基础上增加了图像、视频、声音等视觉、听觉和感觉体验。这样的融合文本充分体现了互联网新媒介的优势和特点，也和印刷文本和传统网络文学文字文本迥异。

（二）互动阅读：从叙事生产到仿真生产

互动阅读的产生和发展，不仅在文本上发生了重大变化，还标志着中国网络文学叙事生产进入了数字拟像的仿真生产阶段。互动阅读以网络文学叙事景观所呈现的虚拟世界为背景架构故事，不仅提供多支线剧本（故事），还提供多种视觉性人物形象，及与角色相关的周边虚拟商品（服装、发型、妆面等）。也就是说，互动阅读的仿真生产，除了生产和传统网络文学文本一样的虚构和故事，还进一步根据读者沉浸在虚构和故事中的需要，将虚构和故事细化为更加细小繁多的拟象（故事支线、人物形象及其他周边商品）。因此，互动阅读的叙事生产是仿真生产。

互动阅读并不是什么新鲜事物，这种类型的阅读和体验早在20世纪80年代初期的日本就开始出现，最早被称为"美少女游戏（gal game, girl game）"。"美少女游戏"并不是一个统称，依据游戏类型的不同，还有很多不同的叫法，如"萌系游戏（moe game）""恋爱冒险（in love adventure）""小说游戏（novel game）""音乐小说（sound novel）""视觉小说（visual novel）"[1]等。从以上多样化的命名可知，这种带有画面可以选择不同情节走向的文本，即使在日本也存在到底是游戏还是小说的认定困难。东浩纪认为"与其说是玩游戏，不如说是读书"，因为"此种游戏的玩法与阅读十分相近，其消费族群亦和轻小说读者群大幅重叠"[2]。

互动阅读是读书还是游戏？不同的互动阅读文本定位不同，有的侧重剧情，更突出人物形象，更注重周边消费；有的侧重游戏，更注重过关攻略。不过这些融合文本在我国被平台自认为是互动阅读，可见网络文学在其间的重要作用。互动阅读融合文本在制作上更加复杂，不是一个作家就能完成的，需要一个制作团队，就跟影视动漫制作相似，尽管不如影视动漫复杂。互动阅读的产生，说明网络文学的叙事生产进入仿真生产模式，是虚构和故事的结构性复制，它的背景是繁盛的新媒介叙事生产景观，其仿真生产的产品是数字拟像，基本摆脱了对自然和现实的参照，而是在新媒介叙事景观的基础上，以模式为中心生成的小世界。

网络文学从叙事生产到仿真生产的变迁，首先从轻小说、二次元小说等类型小说开始。轻小说、二次元小说和传统网文相比，网络文学叙事生产的想象力环境发生了重大转向。前文已经论述，中国网络文学叙事生产建构在机械复制技术广泛和

---

① 东浩纪：《游戏性写实主义的诞生：动物化的后现代2》，黄锦容译，唐山出版社，2015，第194—195页。

② 同上书，第198页。

大量使用的基础上，是印刷媒介和电子媒介环境中的叙事生产之再生产。中国网络文学叙事不再是自然和现实社会的反映，而是基于人们对新媒介叙事的需求而进行的叙事生产。由于印刷媒介和电子媒介环境中的叙事往往还遵循着自然和现实的原则，尽管网络文学叙事生产也带有自然和真实的影子。轻小说和二次元小说是在漫画、动漫的基础上进行的叙事生产，营造的是遵循着次元规则的小世界，往往以星系宇宙为背景，塑造的人物形象大多是动漫人物，因此更加远离关于自然和社会现实的大叙事。

中国网络文学在我国经济腾飞和网络社会崛起的双重背景下诞生和发展，由于中国和西方、东亚发达国家的电子媒介、互联网媒介变革和发展的进程不同，特殊的经济和媒介变革背景决定着中国网络文学叙事生产的进路、特征和新趋向。深入探究中国网络文学叙事生产的特点和趋势，有助于全面理解中国网络文学的真相和本质。

第四章

媒介与消费

中国网络文学的商业模式和消费逻辑

　　自从越来越精湛的科学技术被广泛使用后，越来越多的商品和服务被大量生产出来，巨量的生产和人们的需求之间的调节成为社会重要的关注对象和议题。加尔布雷思认为技术变革是经济领域的决定性因素，其《新工业国》[①]详细阐述了在技术变革的影响下，商品和服务的生产及其需求之间的调节问题，即加尔布雷思所谓的"计划体系"。当越来越多的商品和服务涌入社会，加尔布雷思判断美国进入了"富裕社会"[②]，同时生产和需求之间形成了张力和矛盾，加尔布雷思希望"计划体系"能够调节这种张力和矛盾。鲍德里亚在加尔布雷思"计划体系"调节的基础上，将目光投向了"消费社会"[③]，进一步论述了在商品生产和服务的大量丰盛的基础上，人们的消费产生了变异。在20世纪70年代，日本的汽车、钢铁行业崛起，对美国经济造成了巨大冲击，电子媒介和互联网等新媒介在日本得到了普及，大塚英志发现，在日本不仅出现了像鲍德里亚所说的符码消费，尤其在青少年的玩具、零食等商品销售中，出现了新的物语消费趋向。

　　技术与资本的结合形成了新工业、新经济和新消费，技术

---

① 约翰·肯尼思·加尔布雷思：《新工业国》，嵇飞译，上海人民出版社，2012。
② 约翰·肯尼思·加尔布雷思：《富裕社会》，赵勇等译，江苏人民出版社，2009。
③ 让·鲍德里亚：《消费社会》，刘成富、全志钢译，南京大学出版社，2014。

变革同样潜入文学艺术领域，对原有的文艺形式施加重要影响，在新媒介中催生了新的文艺形式。本雅明发现了机械复制技术对文艺领域产生的重要影响。技术、资本和文艺的结合形成了新文艺、新文学和新消费。笔者在第三章中论述了在工业革命和媒介变革的大背景下，新媒介虚构生产成为物的生产的重要模式，物的丰盛和虚构丰盛成为世界景观。中国网络文学的虚构生产成为虚构丰盛的重要组成部分。而一直在探索的中国网络文学商业模式，对中国网络文学的虚构生产和消费起着怎样的作用？具体来说，本文欲探讨如下问题：中国网络文学商业模式对中国网络文学生态和业态有什么重要影响？在不同的网络文学商业模式下，在不同的网络文学文本形态中，网络文学用户消费的内容是什么？遵循的消费逻辑是什么？分析中国网络文学商业模式和消费逻辑的变迁、特征和趋向，有助于进一步厘清中国网络文学发展进路和趋向，有助于进一步发现中国网络文学的本体特征。

一、VIP收费阅读商业模式和网络文学生产—消费体系的建构

纵观媒介发展史，我们无法否认的是，公元7世纪的印刷、19世纪的摄影和20世纪的网络对现代社会的形成与现代生活的转型起到了举足轻重的作用。从印刷媒介、电子媒介到网络媒介，它们对日常生活和艺术作品介入和影响的范围越来越大、程度越来越深。每一种媒介，都有一种属于自己的媒介语

言，都构成一种新的叙事、新的文化和新的文明。

在摄影刚刚风行时，本雅明就发现了机械复制技术对艺术作品的巨大影响：一方面，机械复制技术对传统艺术形式产生了重要影响（艺术作品的复制）；另一方面，复制技术又将产生新的艺术形式（譬如电影）。[1]电影这种新的艺术形式，以新媒介（电子媒介）语言（蒙太奇）形成了明显区别于小说的叙事方式和形式。那么网络这种新媒体的语言、形式和结构对文学艺术作品会产生什么影响呢？网络文学算不算新的文艺形式呢？

首先必须明确的是新媒介和旧媒介之间的关系。保罗·莱文森将达尔文的生物进化论运用到技术和媒介领域，考察了媒介的发展和进化。他发现：在媒介的进化进程中，虽然新媒介不断涌现，但旧媒介很少消亡。[2]按照麦克卢汉理解的媒介，"任何媒介的'内容'都是另一种媒介。文字的内容是言语，正如文字是印刷的内容，印刷又是电报的内容一样"[3]。也就是说，一般情况下，新媒介并不会取代旧媒介，因此旧媒介很少消亡。互联网是迄今为止包容性最强的新媒介，它以过往的很多旧媒介（文字、印刷、摄影、电影、电视剧、电报等）为内容。那么新媒介如何称之为"新"媒介呢？列夫·马诺维奇指出了媒体到"新"媒体的路径："媒体与计算机这两条历史轨迹终于相遇了：达盖尔的银版照相法与巴比奇的分析机相

---

① 瓦尔特·本雅明：《摄影小史》，许绮玲、林志明译，广西师范大学出版社，2017，第66页。

② 保罗·莱文森：《人类历程回放：媒介进化论》，邬建中译，西南师范大学出版社，2017。

③ 马歇尔·麦克卢汉：《理解媒介：论人的延伸（增订评注本）》，何道宽译，译林出版社，2011，第18页。

遇，卢米埃尔兄弟的电影机与霍利里思的制表机相遇，最终走向一体。所有媒体都被转化为可供计算机使用的数值数据。图像、运动影像、声音、形状、空间和文本都成为可供计算机处理的一套套数据。简言之，媒体成了新媒体。"①根据这个定义，网络就在列夫·马诺维奇所谓新媒体的范畴内。新媒体以旧媒体为内容，那么它怎么和旧媒体区分呢？新媒体之所以是新媒体，是因为形成了新媒体特有的语言、结构和形式。那么我们可以继续追问，网络文学为什么是网络文学？网络文学为什么不是传统文学和纯文学？难道仅仅因为它"用电脑创作、在互联网上传播、供网络用户浏览或参与"②？这是一个描述性的概念，描述了网络文学创作、传播和被阅读的过程。随着计算机技术的快速更新迭代、网络应用的更新和普及，越来越多的传统文本也可以"在互联网上传播、供网络用户浏览或参与"，越来越多的纯文学创作也在"用电脑创作、在互联网上传播、供网络用户浏览或参与"，那么在新的历史条件下，应该怎么区分网络文学和传统文学、纯文学？换言之，网络文学所具有的新媒体特质到底是什么？直到网络文学在互联网商业化的大潮中试验出其适用的商业模式，建构了网络文学完整的生产—消费体系，有了区别于印刷文本的，体现新媒体特质方的生产方式和消费逻辑，网络文学才越来越和传统文学、纯文学有了根本的区分。

在VIP收费阅读商业模式确立之前，无论是北美华文网络

---

① 列夫·马诺维奇：《新媒体的语言》，车琳译，贵州人民出版社，2020，第25页。

② 欧阳友权：《网络文学本体论纲》，《文学评论》2004年第6期。

文学还是自从1994年我国正式加入国际互联网以来的网络文学，都是仅仅在创作载体、分发存储介质和传播阅读途径等方面区别于纯文学。当时纯文学生产形成了文学类期刊、图书的生产机制，由杂志社、出版社编辑出版，由新华书店等发行销售。后来发行销售环节在国营渠道（新华书店等）的基础上，又增加了民营资本、国外资本等渠道，这种成熟的编辑出版发行销售机制建立在现代印刷媒介机制之上。2003年之前的网络文学，虽然其创作、发表、分发和传播完全转移到网络新媒体上，但是一直未能形成盈利机制，只是在新闻组、个人主页、论坛、网站等网络媒体和应用上形成了以兴趣、爱好、语言实验为中心的松散同人群体，尽管声势浩大，然而这种文学生产机制不能真正地独立出来，因为这种生产机制最终和纯文学的编辑出版机制合流了。风靡早期互联网的网络作家图雅，擅长网络散文、小说、诗歌，曾获得中国台湾主流文学奖项，后来在网络上销声匿迹。友人们怀念其人其作，将其网络文学作品结集出版为《图雅的涂鸦》。最能说明这个时期线上线下殊途同归的是当时影响非常大的一则帖子《大连金州没有眼泪》。网友老榕和其幼子都是中国足球球迷，不远千里从福州飞往大连金州观看世界杯预选赛，结果中国队惨败。老榕于1997年11月2日凌晨在四通利方论坛体育沙龙发表了这篇著名的帖子。在只有62万网络用户的1997年，在短短两天内，这篇文章的阅读量达到2万多。当时《南方周末》体育版的编辑收到了六十余封要求转载《大连金州没有眼泪》的电子邮件，不久后《南方周末》转载了这篇文章。《大连金州没有眼泪》的发表及其引发的强烈共鸣成为1997年度互联网的重要事件，老榕成为1997年度中文互联网的轰动人物，这是网络媒体在社会生活中产生越来越重要影响的证明。《大连金州没有眼泪》首发于互联网，在互联网引发关注，被多家杂志转载，最终从网络新媒介走向印刷媒介。《大连金州没有眼泪》这篇文章在线上产生影响后最终走向线下的遭际，是当时网络文学最终走向出版的一个缩影。

老榕是一个资深网友，因一篇散文被《南方周末》评为年度轰动人物。他是中国互联网所造就的风云人物，就像2006年《时代》周刊所造就的年度风云人物"你"就是所有网民一样。然而当时网络文学最好的归宿就是线下出版，金庸客栈、榕树下、清韵书院、天涯社区、龙的天空、西祠胡同莫不采取线上积聚人气、线下出版的经营策略。可以说，网络拓展了当代文学的版图，而线下出版的印刷模式又限制了网络文学的线上生产。

新的媒介环境和技术应用促生了网络文学，同样对纯文学的生产施加了重要影响。纯文学同样可以用电脑创作，在网络首发，然后出版发行。这种模式最具代表性的，就是《繁花》的创作、发表和出版。2011年5月始，作家金宇澄以"独上阁楼"的笔名在弄堂论坛发表《繁花》，以网络连载的方式成文。2012年在《收获》连载，随后出版单行本，获得第九届茅盾文学奖。《繁花》的网络创作、网络首发、网络传播及线下出版的经历，完全符合当时网络文学描述性的定义，因此也有被视为网络文学的理由。2019年10月11日，《繁花》入选国家新闻出版署和中国作家协会联合推介的25部"庆祝新中国成立70周年"主题网络文学作品暨2019年优秀网络文学原创作品名单。那么《繁花》到底是网络文学还是纯文学？恐怕在大多数人看来，相比之下，它应该更属于纯文学。这说明，随着网络的发展和网络文学的发展，曾经能区分网络文学和纯文学的描述性定义，现在已经不适用了。

尽管网络文学和纯文学都可以"用电脑创作，在互联网上传播、供网络用户浏览或参与"，但是文学界并没有将二者混为一谈。那么网络文学和纯文学之间的界限究竟是什么？计算机或移动端设备，既能传播和呈现网络文学，也能传播和呈现纯文学。随着技术和媒介的发展，网络文学也发展出更多的新特质。这些新特质成为网络文学之所以是网络文学、网络文学区分纯文学的关键。

网络文学之所以是网络文学、网络文学区分于纯文学的新特质有两点，一是网络文学形成了完全基于网络的生产、分发、传播和消费模式，建立了网络文学新媒介生产—消费体系，这区别于纯文学的发表、出版机制。二是网络文学形成了类型文本超级数据库，这区别于纯文学的文本生产和文本存储。

2003年VIP收费阅读商业模式的成功推广，解决了网络文学在新媒介上生产和传播，却不得不利用旧媒介消费的困境，成为建构网络文学新媒介生产—消费体系的最后关键一环。网络文学新媒介生产—消费体系在新的网络环境和技术条件下调整、规范了网络文学生态和网络文学样态，使网络文学成为完全由新媒介、新技术促生的全新的文学生态。第一，网络文学新媒介生产—消费体系使网络文学摆脱了传统文学文学场和生产机制的束缚，不再依赖传统期刊、出版印刷的发表和出版，进入一个完全在新媒介之上的生产、分发、传播和消费的网络闭环。第二，网络文学新媒介生产—消费体系成为一个以读者文学需求为中心的生产—消费体系，其生产由消费调节，最大限度去除了计划体制的特征，基本实现了文学生产和消费在新媒体范畴内的市场化、商业化和产业化。VIP收费阅读为网络文学商业化提供了商业化路径，吸引大资本进场，开启了网络文学商业化和产业化的进程。不断改善的网络商业化环境、持续快速增长的网络文学用户，为网络文学商业化创造了得天独厚的条件。第三，在读者文学需求和商业模式的形塑下，网络文学形成了以超长篇类型小说为主的文学形态，形成了规模庞大的网络文学新媒介虚构生产。这种虚构生产的生产方式完全建构在网络之上，完全属于新媒介生产，其生产目的、生产方式、生产意义都和传统文学、纯文学迥异（相关论述详见第三章）。

VIP收费阅读商业模式推动了网络文学新媒介生产—消费体系的建构和完善，网络文学新媒介生产—消费体系推进了网络文学类型文本超级数据库的建立和扩张。列夫·马诺维奇认为新媒体的形式之一就是计算机数据库："事实上，不管是图书馆还是博物馆，任何一个文化数据的集合体，都被计算机数据库所取代。与此同时，计算机数据库成为一种新的隐喻，它把个体和集体文化记忆、文件或实物的集合体，以及各种现象和经验进行了概念化处理。"[1]每一个网络文学经营网站、移动APP都可以被视作一个网络文学类型文本数据库。网络文学

---

① 列夫·马诺维奇：《新媒体的语言》，车琳译，贵州人民出版社，2020，第218—219页。

类型文本数据库是网络作家（创作者）、网络文学经营企业或平台（分发平台）和网络文学用户（消费者）的合力下共同形成的，而占据中心位置的是网络文学用户。网络文学用户的每一次点击、每一张推荐票、每一次订阅（即网络文学的阅读和消费行为），都增强了该文本的影响，推动了该文本类型的定型。随着网络文学用户持续不断的增加，越来越多的文学趣味、欲望和需求被网络文学叙事固定下来，便有了类别（男频、女频）、类型、标签（叙事、人设等特征）等的细分，形成了越来越多的文学类型和叙事套路。网络文学类型文本数据库其实是在阅读和消费的规范下，网络文学用户文学需求的细分和类型表现。在VIP收费阅读商业模式的调节下，网络文学虚构生产形成了以类型和套路为中心的超级网络文学类型文本数据库，这才是网络文学契合新媒体文化、具有新媒体特征的关键。在互联网流量下沉的驱使下，免费阅读商业模式的经营策略是以免费阅读吸引VIP收费阅读商业模式下未能覆盖到的盗版用户，最大限度争取下沉市场①用户。这种商业模式凸显了部分文本类型，比如赘婿、兵王、多宝、团宠等。免费阅读网站或APP根据互联网流量和算法推送给网络文学用户，在一定程度上建立了一个具有用户特点的网络文学类型文本数据库。

数据库的本质是各种类型数据的存储，不断扩张的网络文学类型文本数据库本质是类型文本在新媒体上的分类和存储。不管这些文本是超长篇类型小说，还是只有寥寥几百字甚至几

---

① 下沉市场指的是三线及以下县镇和农村市场。

十字的超短篇小说①，这些文本都指向一个类型故事。如此巨大的类型故事储备，为网络文学向影视、动画、动漫、短剧、有声书的文学改编和扩展准备了充足的资源和资本，因此网络文学IP经营商业模式应运而生。网络文学的各种类型不断被改编为影视，穿越（《步步惊心》）、仙侠（《三生三世十里桃花》）、宫斗（《甄嬛传》）、盗墓（《盗墓笔记》）、宅斗（《知否？知否？应是绿肥红瘦》）、言情（《致青春》《何以笙箫默》）、权谋（《琅琊榜》）等网络文学IP影视（其中很多为现象级影视）的播出，在社会上引发较大反响。这个过程也是将网络文学类型文本数据库推广到其他艺术形式的过程。网络文学类型文本超级数据库的形成和不断扩张是网络文学IP经营商业模式的基础。网络文学IP经营商业模式成为很多网络文学网站盈利的重要来源。

从20世纪90年代初期的北美网络文学至今，中国网络文学从海外早期互联网启航，到现在互动阅读融合文本的兴起，不管是文体、文本，还是作者、受众都发生了重大变化。这些重大变迁既和中国互联网全面、深刻的从无到有、从网络媒体到网络社会的快速持续发展有关，又和中国网络文学的生产—消费体系的建立和完善相关。在不同的网络文学发展阶段，在网络文学形态、文本和生态不断变迁的历史进程中，在不同的网络文学商业模式下，网络文学体现着怎样的消费逻辑？

---

① 最近学界对网络小说为什么越来越长非常关注，其实网络文学也有另一个趋势，那就是小说越写越短，比如LOFTER等论坛中的超短篇类型小说。相较超长篇，超短篇的倾向并没有受到关注。

二、网络文学商业模式和网络文学消费逻辑的变化

鲍德里亚在《消费社会》中论述了从工业社会到后工业社会消费逻辑的变化：在"由不断增长的物、服务和物质财富所构成的惊人的消费和丰盛现象"[①]中，人们从对物的崇拜和物的消费转向了对符号的崇拜和符码的消费，即人们消费商品并不是为了占有其使用价值，而是为了占据商品背后的符码。大塚英志观察到在20世纪80年代的日本不仅存在鲍德里亚所谓的符码消费现象，还出现了新的物语消费趋向。在漫画、动画、糖果、玩具等商品的消费中，他发现这些商品并不是消费的对象，真正的消费对象是这些商品背后的大叙事或秩序。大叙事或秩序以碎片的形式附着在商品上，赋予商品价值。消费者为了得到大叙事或秩序，不断重复购买大叙事或秩序的碎片，商品就这样随之销售出去，"形象产业依附于已有的物语，或销售形象商品，或开发取代品牌的形象，从这个时代开始，通过'物'被细分化、被赋予物语的整体性以及使'物'具有新的价值，从'仙魔大战'到'福音战士'的一系列变化得以实现"[②]。仙魔大战巧克力、机动战士高达、圣斗士星矢、森林家族、小猫俱乐部等商品都遵循着这一消费机制。东浩纪受到大塚英志物语消费论的启发，持续对日本的御宅族系文化进行观察，发现在20世纪90年代跨媒体制作的环境下，漫画、动画、游戏、小说及其周边商品、同人作品之间相互改

---

① 让·鲍德里亚：《消费社会》，刘成富、全志钢译，南京大学出版社，2014，第1页。

② 大塚英志：《"御宅族"的精神史：1980年代论》，周以量译，北京大学出版社，2015，第176页。

编，造成原作和二次创作模糊不清。东浩纪还发现，消费者对这些作品或商品背后故事的兴趣远不及对其中人物角色的兴趣，因此故事的重要性降低而角色的重要性提升。而深受消费者喜爱的角色所具备的特征（东浩纪称之为萌要素）被持续不断地创作、积累、组合，形成了萌要素资料库。由此东浩纪断定，消费者"并非单纯消费作品（小故事），也非其背后的世界观（大叙事），更不是故事设定或是人物（大型非叙事），而是更深层的部分，也就是消费广大御宅族系文化的资料库"①。这就是东浩纪所谓的资料库消费。

从符码消费、物语消费到资料库消费的消费逻辑，显示了随着电子媒介的成熟、互联网媒介的发展，叙事生产对世界尤其是商品施加着越来越具体、越来越重要的影响。随着复制技术的发达和广泛应用，世界越来越朝着虚拟世界发展，叙事或物化（如迪士尼乐园是叙事的空间化，手办是叙事形象的物化等），或与商品结合，成为商品差异化生产和消费的一部分（如大塚英志所谓的物语消费），或叙事自身裂变、细分、重新组合，形成新形式的作品或商品（如东浩纪所谓的资料库消费）等。

2020年网络文学免费阅读商业模式在不知不觉间占据了网络文学经营平台的半壁江山，在网络文学圈引发了很高的关注和很长时间的争议。其实，网络文学免费阅读这种商业模式是web2.0时代标志性的商业模式：产品和服务免费使用，收入依赖广告。有人指责免费阅读是开倒车，因为2003年开始成功使用的VIP收费阅读是第一个在网络文学场域试验成功的商业

---

① 东浩纪：《动物化的后现代——御宅族如何影响日本社会》，褚炫初译，大鸿艺术股份有限公司、大艺出版事业部，2012，第82页。

模式，得到了大范围的应用，支撑了网络文学十几年的发展。我们不仅要关注网络文学的商业模式，还要关注网络文学用户在不同网络文学商业模式下得到了什么，他们的需求是怎样得到满足的，这就是网络文学的消费逻辑。

在VIP收费阅读商业模式下，读者通过阅读免费章节，以判断是否要购买接下来的章节。并且在接下来的章节中，一旦感觉到不喜欢或不想继续读下去，也可以立即停止付费。如果读者购买了整部小说，那么他就得到了这部小说的所有情节、人物、世界观等，即他得到了整个故事。值得注意的是，进入VIP收费阅读的，只是小说、网络诗歌、网络散文等体裁从来没有市场。网络小说的写法和主流小说的写法也有着十分明显的区分，网络小说一般不追求环境、细节、心理等描写，亦不寻求小说文体形式和语言的创新，所有的努力仅仅在于建构一个世界观，塑造一个或多个读者感兴趣的人物形象，以故事吸引读者的兴趣。这说明，网络作家有着很深刻的创作自觉，而驱动读者持续阅读的是对故事的需求。他们通过消费购买的，是整个故事或一部分故事，因此笔者将这种消费行为称为故事消费。免费阅读模式下，读者通过忍受快速出现循环往复的广告以获得免费阅读的资格，获得的同样是一个完整的故事，这同样是故事消费的逻辑。网络文学IP经营商业模式下，网络文学向电影、电视剧、游戏、短剧、有声书等进行一系列的改编，或实现故事向其他媒介或艺术形式的转换和扩散，或实现文本的声音呈现（有声书），增加了故事或文本更多形式的呈现、表现和增值。这同样是故事消费的逻辑。

VIP收费阅读、免费阅读和网络文学IP经营这三种网络文学商业模式下的消费逻辑，都是故事消费的逻辑。这和大塚英志所谓的物语消费不同，物语的故事以卡片的形式附着在商品上，随物一起被售卖给消费者，而网络文学叙事生产实现了叙事的批量化、差异化生产，无须借助物而直接进入生产—消费系统。这种批量化、差异化叙事生产表现为网络文学题材上的类型化。网络文学的叙事生产在网络文学用户文学需求的形塑下分为男频、女频的基本格局，男频形成了玄幻、奇幻、武侠、仙侠、都市、现实、军事、历史、游戏、体育、科幻、诸天无限、悬疑、轻小说、二次元等基本类型，每个类型下根据世界观的不同，又加以细分，比如玄幻分为东方玄幻、异世大陆、王朝争霸、高武世界等，武侠有传统武侠、武侠幻想、国术无双、古武未来、武侠同人等，游戏类型细分为电子竞技、虚拟网游、游戏异界、游戏系统、游戏主播等，每个类型下大约有3至6个细分类型，男频大约有七八十个类型细分。女频大体上以言情为主，在古代言情、现代言情的基本分野下，大体上也有这么多类型细分。在网络文学创作中，网络文学类型细分和类型融合同步进行，形成了一个庞大的动态发展的类型文本数据库。每一个类型细分代表着一种世界观，类型融合又代表着新的叙事。中国网络文学类型文本数据库消费和东浩纪所谓拟像资料库消费大不相同。拟像本质上是"萌的要素"，是和故事关系不大的"为了有效刺激消费者的萌而孕育成的记号"①，"萌要素几乎都是图形，此外还衍生有特定的口头禅、背景设定和故事，又或者是体形上有特定的曲线，因应不同类型形

---

① 东浩纪：《动物化的后现代——御宅族如何影响日本社会》，褚炫初译，大鸿艺术股份有限公司、大艺出版事业部，2012，第70页。

网络文学：媒介、文本和叙事

成了各种'萌要素'"①。中国网络文学类型数据库中的"类型"本质上是网络文学的题材分类、世界观设定、类型叙事创作套路及其创新，是因应网络文学用户对叙事生产的需要而生成的故事类型。因此，网络文学类型数据库消费本质上是故事消费。值得注意的是，这里的需要和印刷媒介文学生产的意义需要不同，它是网络文学用户欲望的抽象化，是抽象化欲望的一个个碎片，这些抽象化欲望碎片经过网络文学的叙事生产，被差异化为各种叙事类型及类型组合。网络文学用户是一个随着互联网和网络文学的不断发展而持续变迁的动态群体，因此网络文学用户的欲望也是一个不断得到丰富、不断发生变异的集合体。从20世纪90年代初期至今，中国互联网用户群增加的总体趋势是低收入化、低学历化、低龄化，直到将最大多数的人群囊括其中。其中低学历化的趋势十分明显，互联网用户的学历结构从1998年6月的大学本科以上占比58.9%，大学本科以下占比41.1%，到2020年12月底本科以上占比9.3%，大学本科以下占比90.7%，可见变迁之大。2021年12月底中国互联网用户达10.32亿，互联网普及率达73%，构成全球最大的网络社会，其中网络文学用户达5.02亿，网络文学使用率达48.6%②，网络文学用户变迁和中国互联网用户变迁态势大体一致。因此免费阅读商业模式几乎是不可避免的事情，而很多人期待的网络文学的先锋形式或叙事技巧几乎是不可能发生的事情，因为文学形式上的追求不在网络文学类型文本数据库

---

① 东浩纪：《动物化的后现代——御宅族如何影响日本社会》，褚炫初译，大鸿艺术股份有限公司、大艺出版事业部，2012，第71页。

② 以上数据均来自中国互联网信息中心（CNNIC）历次《中国互联网发展状况统计报告》。

里，也不在网络文学用户的需求中，更不在网络文学故事消费的逻辑里。

剧本杀在一定程度上显示了网络文学的故事物化。网络文学的类型故事是以文学形式被读者消费的，读者通过阅读文字获得虚构，而剧本杀通过设置多线并进的剧本，在线上让多个读者同时体验一个剧本，增加读者之间的互动和体验；在线下借助剧本杀实体店的情景设置和DM（主持人）的引导，按照剧本剧情和角色支线，直接体验故事，满足玩家的社交需求和故事体验。故事（剧本）成为剧本杀消费的核心，由于玩家很少再三体验一个剧本，大量的剧本被快速消耗，故事被物化为剧本，并且成为像食品、饮料一样的快速消耗品。剧本杀的故事物化，是日常现实生活中故事消费的例子。这是叙事生产积累到一定程度，叙事通过物化融入现实的方式和体现。

最近5年来，在剧本杀从线上到线下蓬勃发展方兴未艾的同时，互动阅读悄然产生了。互动阅读的出现，是网络文学在网络社会新的发展阶段和新的商业模式下出现的发展和变异，体现了故事消费的新逻辑和新体验，是网络文学消费的新趋向：数字拟像消费。

声音和视觉的加入让网络文学的类型故事可以继续细分，细分为情节、角色及角色的服装、配饰、妆容等拟像，供阅读者消费。在互动阅读中，人物形象占据十分重要的位置，是读者切入故事、体验故事、投射情感的重要途径。互动阅读的融合文本，除了文字和游戏，新增加的漫画、动画、音乐、画外音和表情包，都是以角色为中心，主要为了凸显人物形象，比如漫画画面重点凸显角色样貌、服装、配饰、妆面、发型等，完成游戏任务也是为了得到更多的金币以解锁剧情，购买更多的服饰、发型、妆面等。互动阅读通常把角色和故事简介放在一起，供读者浏览和选择，也鼓励读者做任务攻略角色，将剧中角色养成自己喜爱的样子（包含性格），并购买收藏之。读者可以通过做任务或购买周边产品的方式改变角色的服装、配饰、妆容等，以最大程度实现角色的"我"化，即成为"我"最喜欢的样子。互动阅读一般只免费开放主线剧情，更多支线剧情则通过消费才能解锁。传统网络文学文本将整个故事打包出售，互动阅读则将故事细分为若干个拟像，以拟像的形式零售给读者。笔者将这种消费称为拟像消费。拟像丰富了网络文学类型文本数据库，拟像消费是网络文学消费的新趋向。

剧本杀和互动阅读的出现，是网络文学和游戏、影视、动漫、音乐、周边产品等相互影响深度融合的结果，进一步将中国网络文学的叙事生产的类型和故事当作想象力的环境和背景，是网络文学的类型架构、故事体验、人物形象数字形态的物化、听觉化和视觉化，是网络文学叙事生产的拟像生产，属于鲍德里亚所谓的"仿真"生产模式，是网络文学叙事生产成果的直接运用和消费。

中国网络文学的生产和消费是世界上独特的文化生产和消费现象，整体面貌呈现出叙事生产景观和故事消费的总体特征。中国网络文学的叙事生产景观和故事消费逻辑是我国商品生产和消费模式的一部分，随着互联网的发展而发展，随着媒介环境的融合而发生新变。厘清中国网络文学叙事生产和故事消费，观察剧本杀和互动阅读等新的生产和消费形式，有助于预测中国网络文学发展趋势，和全面认识网络文学这一在世界范围内产生越来越重要影响的文化现象。

免费阅读来势汹汹，
网络文学面临的新机遇和新挑战

网络文学场域的2020年，诚乃多事之秋也。自2020年4月27日阅文集团换帅始，历经了新旧合同之争、传统作家（宋方金）对网络文学的质疑及网络作家（会说话的肘子）不甘示弱的回怼。甚至有网络作家出来冷静地说，传统文学和网络文学有什么好争的，我们共同的敌人是短视频。与此同时，做短视频的领头羊字节跳动有条不紊地布局了多家网文原创平台，或投资或合作塔读、中文在线、吾里文化、鼎甜文娱、磨铁等多家网文平台和游戏公司。字节跳动以围城之势，形成了一个不可小觑的网络文学平台和渠道。通过梳理以上事件，纷乱的信息中"免费阅读"这四个大字尤其扎眼，网络文学现存格局变动势在必行。

一、收费阅读陷入疲软，IP厚积薄发，免费阅读来势汹汹

自2003年VIP收费阅读在起点中文网试验成功，网络文学全行业开启了收费阅读模式。在收费阅读商业模式下，读者付出的时间和金钱成为衡量网络文学优劣的唯一标准，高点击量

和高订阅量成为一部作品成功与否的最高标准，财富和收入成为一个网络作家封"神"镀"金"的必要条件。在VIP收费阅读模式下，网络文学在十几年间积累了海量作品，形成了类型文本超级数据库，大量优秀作品也为网络文学IP转化创造了条件。网络文学"IP热"是海量优秀故事累积的自然延伸，更是以网络文学为中心的全产业链的健全，更重要的影响是，在付费阅读陷入疲软，网站线上收益一降再降的同时，版权收入一升再升，成为文学网站收入大头（以阅文集团、晋江文学城为例）。

有利可图之地资本必至。免费阅读之所以来势汹汹，是因为有利可图。经过二十余年的发展，网络文学形成了以网络文学为中心的全产业链，吸引了数以亿计的网络文学读者，积累了恒河沙数的海量作品，恰恰是在这些积累和沉淀的基础上，网络文学免费阅读才成为可能。反观2003年之前的免费阅读，之所以未能试验成功，是因为当时的网络文学尚属星星之火，处于试验写作阶段，不管是作品数和读者群体都无法与现在的情形同日而语。免费阅读使用"免费模式"，最大限度地以吸引下沉用户，以平台流量争取广告入驻，赚取广告收益。这种方式为读者提供了更多的阅读选择，为网文行业引进了新的增长点。

免费阅读能否成为一条鲶鱼，打破网文行业现在的沉闷景象，在收费阅读收益连续下滑的背景下，为网站经营提供另一条途径，为网文行业带来新的活力？

二、网络文学过剩的竞争环境和日益突出的内容困境如何破局

随着互联网应用及其硬件的更新迭代，网络文学媒介方面最大的变化即从PC端到移动端的变迁。一方面，随着互联网普及率的扩大，移动端上网设施的普及，移动端网民的急剧增加，网络文学享受到移动端网络的人口红利；另一方面，随着载体的变迁，网络文学的形式发生了明显变化，变成了更加适宜于小屏阅读的更小段落和更快节奏，这种变化显然更加契合互联网时代的碎片化阅读。

享受移动端互联网红利的不止网络文学，以抖音等为代表的短视频也在分走人们的注意力和关注度。在图像时代，文字永远是落下风的那个。这就意味着网络文学在一个长期生产过剩的环境中生存，视听、游戏等休闲娱乐活动都在和网络文学一样抢占着人们的时间和注意力。

免费阅读并不是新鲜事，早在2003年之前，网络文学平台一直施行免费阅读，由于创收途径少，一个个名噪一时的文学网站轰然倒塌，或改弦更张，或低价售出，苦于寻找变现途径。而2003年起点中文网率先成功实行收费阅读，为网站、作者寻找到变现之道。2003年之前的网络文学陷入了无变现途径的困境，收费阅读打破了这一僵局；而如今的困境并不仅仅在于收费阅读的疲软，还在于文学求新求变的困境。

我们不能仅仅关注网络文学外部的激烈竞争环境，更应该聚焦于网络文学的内容困境。在资本操作和商业运作的影响下，网络文学创作主要围绕读者喜好而进行，根据读者不同的

网络文学：媒介、文本和叙事

阅读口味形成了繁多的类型小说。对单篇网络小说而言，为了持续引发读者的关注，形成了超长篇网络小说，甚至不惜注水，因此相对于网络文学庞大的产量基数，其精品力作相对不足，并因其同质化为人诟病。

网络文学另一个为人诟病的是"俗"和"黄"，且屡禁不止。2014年，晋江旗下的畅销作者"长着翅膀的大灰狼"因贩卖淫秽物品牟利被判缓刑三年，让人震惊。2005—2020年国家版权局联合工业和信息化部、公安部、国家互联网信息办公室等部门持续开展"剑网"专项行动，在网络视频、网络音乐、网络转载、网络云存储空间、网络文学、网络广告联盟等领域进行版权专项整治。该专项行动持续时间长，每年度均公布重点和典型案例，净化网络环境。在持续整治下，网络文学创作阅读环境有所改善但"俗""黄"并未杜绝。

享受过互联网移动端的红利，同时受到短视频冲击的网络文学，在媒介的发展和变革中，饱受生产过剩的挤压和竞争，也存在优质内容短缺的内在危机。

来势汹汹的免费阅读能破局吗？

三、字节跳动和阅文集团的异曲同工

字节跳动的资本布局，虽然以免费阅读为矛，仿佛对阅文集团的护城河发起了进攻。可是我们知道，阅文集团之前的"霸权合同"事件，起因无非是收费阅读和免费阅读之争。阅文集团的换帅也是为了推进免费阅读，而任职腾讯影业首席执行官的程武接棒，这表明阅文集团最重要的战略方向无疑是IP。

字节跳动一向善于运用其独特算法优势，将抖音、今日头条等信息流产品做得风生水起。而2020年初西瓜视频高调免费播放《囧妈》，吸引着众人的眼球，也昭示着其向长视频布局的野心。一边或收购或合作老牌的网络文学网站，接手多家网络文学网站十几年的作品积淀；一边发展长视频平台，目的自然是为了形成一个成熟的泛娱乐产业链条。

而阅文集团坐拥国内最大的网络文学作品库，近年来频频在影视、音频、游戏等行业布局，2020年又推进免费阅读，也是遵循着泛娱乐的逻辑。

可见，不管是字节跳动收编多家网络文学网站，还是阅文集团开始收费和免费并举，实际上二者异曲同工：剑指以网络文学IP为中心的泛娱乐布局，因为IP运营是目前网络文学行业最吸金的商业模式。

四、忽视作者和内容剑指IP，无异于杀鸡取卵

根据美国物理学家、网络科学学会创始人艾伯特-拉斯洛·巴拉巴西的研究，网络存在幂律特征。他们的实验团队以网络机器人抓取网页获得数据，实验结果表明，"数百万的网页创建者以某种神秘的方式创造了复杂的网络，这个网络并不是个随机的宇宙。他们的努力合在一起，使万维网的分布避开了钟形曲线（钟形曲线说明网络是随机的），将万维网变成了

符合幂律分布的特殊网络"[①]。网络的幂律机制表明了，网络上的节点绝非去中心化的随机分布，而是强者越强，弱者越弱。在网络文学领域，则是流量和人气向大网站集中。

不管是收费阅读还是免费阅读，对于文学网站而言只不过是不同的商业模式，向谁收费而已。不管哪种商业模式，都日益凸显了渠道和平台的重要性。在平台和作者之间，作者和平台相比，力量差别颇大。

不管是收费阅读还是免费阅读，在当前的网络文学格局中，资本和商业裹挟着文学向利润冲锋。在此进程中，我们更应该关注相对弱势的网络作家，尤其是新加入的力量，他们才是网络文学生态的活水。在新的商业模式中，怎样保障网络作家的利益分配，怎样建立运作良好的激励机制，才应该是我们关注的重点。

自从2003年VIP收费阅读以来，媒介、资本和产业成为重塑网络文学形态的三股重要力量。在媒介、资本和产业的形塑下，网络文学形成了以网络类型长篇小说为主流的网络文学体裁和题材，形成了与商业模式相契合的类型小说和套路叙事。这是一种创新，也是一种遮蔽。我们不得不承认，网络文学内部的体裁和题材探索与创新相对没那么突出了，网络诗歌、散文和非虚构题材处于被遮蔽的状态。

不管是收费阅读还是免费阅读，不管资本和商业怎样介入，怎样建立健全一个利于文学自身的探索和创新机制、利

---

① 巴拉巴西：《链接：网络新科学》，徐彬译，湖南科学技术出版社，2007，第81页。

于网络作家生存和发展的激励机制的良好网络文学生态，才应该成为我们关注和关切的焦点。而只攫取网络文学二十余年的IP积淀，逐利忘义，无异于杀鸡取卵，这才是我们应该警惕的。

剧本杀：新文学、新消费、新文化

据《2021年中国剧本杀行业研究报告》，2019年全国剧本杀门店由2400家飙升至12 000家，2020年实现线上线下双重增长，至今全国剧本杀门店已超过30 000家。剧本杀已经成为年轻人游戏和社交的新方式。"菜鸟在王者峡谷熬夜上分时，高手已经在剧本杀换了三个对象"，这个段子透露了剧本杀的火爆。剧本杀行业从三四年前的默默无闻，到线上线下双重爆火，这是Z世代线上游戏、线下社交的新选择。这种选择、需求和趣味必将引发链式反应，提供一种新体验，塑造一种新文本，催生一种新消费，孕育一种新文化。

一、剧本杀：虚拟走进现实的新体验

剧本杀融合了剧本、角色扮演、真人秀、直播、脱口秀、吐槽大会等多种流行文化要素，重在沉浸式体验。沉浸于网络游戏的人们已经在赛博空间浸淫太久，在虚拟世界开疆拓土、攻城略地、结交好友、探案解谜已经成为稀松平常的事情。剧本杀从赛博空间迁移至线下门店，为玩家提供新奇的体验和不同的人生，重构了人们的现实感。

剧本为剧本杀游戏设置了一个虚构世界，游戏参与者以角色扮演参与其中，并且线下游戏馆尽可能通过场景布置营造另一个世界，游戏玩家通过服化道、肢体表演、语言等多种形式让自己沉浸在角色和虚拟世界里。在这里，玩家脱下日常服装，换上契合游戏场景和剧本的"戏装"，按照剧情发展说着自己的台词，不仅要克服日常生活的惯性使自己沉浸在"虚构"中，还要让其玩家相信自己的投入，以获得和日常完全不同的新鲜体验。值得注意的是，不管是角色扮演、真人秀、直播，还是脱口秀、吐槽大会这些元素，都是人们在日常生活中通过屏幕或者观察别人而获得的现实。不管是通过个人电脑或移动设备打游戏、观看视频、直播、综艺等，还是到现场听一场脱口秀、看一场电影等，这些媒介体验，通过越来越多的形式进入人们的日常生活，成为日常体验的一部分。媒介所营造的虚拟现实通过人们的观看而成为人类真实体验的一部分。剧本杀这种新的游戏方式将媒介真实通过线下门店的方式供人们亲身体验，将媒介真实和日常现实融合在一起。

剧本杀在虚拟和现实之间凌波微步，模糊了现实和虚构的界限，为体验者提供新鲜的关于"虚拟现实"的体验。对这种新鲜体验的追逐，引发了对故事（剧本）的大量需求。

二、剧本杀剧本：与市场需求和青年趣味契合的新型文学

一代人有一代人的游戏，剧本杀从本质上讲只是一款社交类游戏，跳房子、捉迷藏、玩乐高、KTV、俄罗斯方块、街边

游戏机、王者荣耀、狼人杀等曾风行一时或者正在风行。

在剧本杀这个风口中，尤其对线下门店而言，剧本和玩法都是重中之重。玩法有赖于线下门店的场地、设施、服务、主持人（DM）的串场能力等，而剧本的大量需要则吸引着编剧、网络作家甚至新人编剧等加入这个行业。以网络作家为例，有的网络作家开了剧本杀写作与教学公司，有的网络作家开始剧本杀创作，有的著名网络文学IP开启了剧本杀的改编。据了解，剧本杀创作者按照剧本销量的分成模式在剧本杀行业已经基本固定，据行内人士透露，已经产生了百万稿费级别的剧本杀头部作者。

火爆的市场为剧本杀创作提供了大量需求和良好机遇，同时又被市场需求和青年趣味塑形，形成了一种独特的新型文学。从事剧本杀写作和教学的著名网络作家红娘子坦言："网络文学作者拥有更好的想象力、更多的细节，写得快，文笔顺畅，对架构更容易掌握。"而发展成熟的网络文学题材类型（穿越、科幻、重生、玄幻、言情）又为剧本杀的类型提供了水到渠成的借鉴。据悉，剧本杀根据现实逻辑分为正格本和变格本，正格本注重现实逻辑，而变格本则在穿越、灵魂、重生、科幻等背景下进行，存在现实中不可能存在的因素。这两种大类型下又分注重逻辑和还原的推理本，注重情感和演绎的沉浸本，注重游戏性对抗和阵营的机制本等。事实上，随着剧本杀的发展，剧本杀的"杀"（推理）逐渐成为越来越多题材和类型中的一种。剧本杀玩家对推理类型的剧本偏好度较高，其次是欢乐剧本；在剧本主题方面，现实逻辑、科幻脑洞和都市情感题材的剧本是网民最青睐的三大题材。

剧本杀剧本和网络小说相比，具有更加强烈的架构性。剧本杀剧本的架构性主要指它相当于一个游戏的脚本，起着架构故事的作用。如果说实体店是剧本杀游戏发生的场所，提供空间、服装、道具、服务等，那么剧本杀的剧本则提供故事，让每个玩家体验不同于现实生活的故事脚本，满足其体验欲、表演欲和社交需求。也就是说，线下店主要提供沉浸环境和服务，剧本杀剧本主要营造故事虚拟空间，让参与游戏的每个人都在虚拟空间中找到自己的位置、发展及结局。

　　剧本杀和网络小说或者影视剧本相比，具有更加凸显的互动性。参与剧本杀游戏的一般为4~8人，这就要求剧本杀剧本提供的故事必须有4~8个不同视角的文本，且4~8个剧本必须齐头并进、互为因果、互动频繁，让每一个拿到剧本的玩家都能有据可循，并最终寻找到真相。小说、影视剧本则是一个故事、一个剧本，尽管有些文本有多条线索，但有主次之分，并始终在一个文本里呈现。

　　红娘子生动形象地表达了自己的理解："小说作者只要考虑，我书里的人物和读者的互动，但不用管读者和读者之间的互动。比如说，你们八个人一起在图书馆，看我的一本小说，我不用管你们八个人之间要不要动起来。但是剧本杀的剧本就是：你们八个人在一个桌子上看，我要想办法让你们互动起来，而且我的中心任务就是这个。编剧、小说作者不用考虑玩家要不要打成一片，要不要共动，我故事好看就行了。"这就意味着剧本杀剧本必须以读者的互动为中心，让读者理解、体验到故事的基本设置、进展，最终成为一种工具和商品。

　　原创剧本杀创作不易，IP改编的剧本杀剧本创作更加困

　　　　　　　　　　　网络文学：媒介、文本和叙事

难。知名IP到剧本杀剧本，一方面原著的故事和结局已经公开，满足不了剧本杀玩家猎奇逐新的需求；另一方面如果将原著删改调整得面目全非的话，又失却了改编的意义，也会引发原著粉的不满。IP改编相当于一个半命题作文，必须平衡和兼顾原著和剧本杀剧本两方面的需求，更不好写。

三、故事消费：剧本成为糖果一样的快消品

剧本杀一方面带来了一种以互动性和架构性为特征的新文学类型，一方面又带来了故事物化和故事消费。

剧本杀不管是在线上还是线下，都需要消耗大量的剧本（故事），且已经沦为一种快消品。资深玩家可能重复玩剧本杀，却很少有玩家重复玩同一个剧本，大量剧本成为剧本杀的标配。

1987—1988年，日本民俗学家、学者、评论家大塚英志观察到日本孩子喜欢收藏"仙魔大战巧克力"糖果零食里附带的贴纸，而随手将糖果扔掉。他注意到，每张贴纸上都有一个原创的角色形象及其介绍"魔鬼世界的传闻"世界的信息，即这些贴纸实际上相当于一个个故事碎片，而孩子们购买贴纸的动力来源于对贴纸背后故事世界的好奇。大塚英志将这种消费现象称为物语消费。

孩子们收藏贴纸，是因为贴纸带有"魔鬼世界的传闻"的故事碎片，由于收集全部贴纸（故事碎片）需要大量时间，即使孩子买到重复的贴纸，也只是丢弃重复部分，对于"魔鬼世界的传闻"这个大叙事来说，消耗速度并不算快。大塚英志鉴

于物语消费现象，曾经断言，物语变成了一种商品，变成了和马克杯一样的商品。

和购买贴纸这种物语消费相比，剧本杀剧本的消耗速度更快，更像上文中和贴纸一起出现的糖果零食，且玩家每吃完一块糖果，就需要换一种口味，因此剧本杀剧本变成了和糖果一样的快消品。随着剧本杀的发展，玩家对剧本需求越来越多，越来越挑剔，剧本杀编剧需要制造更多口味的故事供玩家选择和消费。

四、跨行业影响：剧本杀的长尾效应能否持续

在不断升级发展的过程中，北京、成都、长沙等网红城市的剧本杀商家正在做"剧场＋剧本杀""文旅＋剧本杀"等新尝试，与剧本杀相关的新业态正蓄势待发。如今剧本杀已经形成了一条完整的"剧本创作者—发行商平台—门店商家—消费者"产业链。随着越来越多的资本进入，随着越来越多的玩家涌入，剧本杀也将经受更多的考验，在社会上产生更大的影响。

2021年线下剧本杀从默默无闻走进大众视野，尽管受众人群主要是年轻人，但其流行程度也引发了投资、改编、综艺等不同行业和流行文化的碰撞。2016年播出的《明星大侦探》开启了国内剧本杀的先河，成为最成功的剧本杀综艺，并将剧本杀的概念和游戏形式带到国内。一些热门综艺如《快乐大本营》《萌探探探案》《奔跑吧》《百变大咖秀》《王牌对王牌》等，均在节目中增加了剧本杀元素，爱奇艺还推出了剧本

杀社交综艺《奇异剧本鲨》。可见，剧本杀已经成为一种流行和潮流，对综艺产生了广泛影响；而综艺传播的迅捷性和受众的广泛性，也进一步扩大了剧本杀的影响。

《蝴蝶公墓》《庆余年》《成化十四年》等网络小说IP在剧本杀市场上有不俗的表现，《全职高手》《鬼吹灯2》《斗罗大陆2》《凡人修仙传》《余罪》等知名IP正在改编剧本杀的路上。剧本杀已经吸纳部分网络文学作家、编剧等投入剧本杀剧本创作。由于剧本杀剧本在市场和玩家的双重调试下，已经产生了新型文学，加剧了故事的物化和商品化，使之成为如同糖果一样的快消品。

网络文学对剧本杀的类型产生了潜在影响，反过来，在剧本杀领域受到追捧的类型和题材，也影响网络文学类型写作。近期在各大文学网站，擅长推理的脑洞文成为黑马。

经过时间的孕育和人群的验证，我们也有理由相信，剧本杀游戏改编为影视的大IP也会在将来诞生。因为新生代会逐步成长，他们喜欢的东西必将成为主流。

第五章

文本与叙事

网络文学的性别文本和身体叙事

　　网络文学经过三十余年的发展，蔚为大观。经过媒介、资本和产业的塑形，在市场、平台和受众的角力下，网络文学的题材类型化、标签化特征越来越明显，故事消费促进类型创新，类型创新刺激故事消费，形成了新的文本类型和叙事方式。本章试论述网络文学的性别文本和身体叙事特征。

一、性别文本

　　尼尔·波兹曼在《娱乐至死》中提到："某个文化中交流的媒介对这个文化精神重心和物质重心的形成有着决定性的影响。"[1]网络文学就是这样一种深受计算机和网络媒介影响的文学，它本身的特性除了文学性，还兼具网络传播媒介的特性。中国网络文学、美国好莱坞、韩国电视剧、日本动漫被称为世界四大文化现象，其他三者都属于电子文化商品，为什么作为文字产品的网络文学在视觉文化盛行的今天，还能够拥有数以亿计的读者呢？网络文学具有的网络媒介特征是重要原因之一。20世纪中叶以来，电视机代替印刷机，成为影响大众

---

① 　波兹曼：《娱乐至死》，章艳译，广西师范大学出版社，2004，第11页。

文化最重要的媒介，使人们越来越依赖于影像，随着电视媒介而来的消费观念和娱乐精神深入人心，并成为大众文化的重要内容。电视机中所播放的节目、广告，也使人们关注的重心从图书、期刊和报纸的文字符号转向了图像和身体。马歇尔·麦克卢汉认为，电报、电话、电影、电视等媒介所营造的电子环境，使身体受到了前所未有的关注，身体的自然特征（五官、姿态）及附属物（服饰、首饰），举手投足，一颦一笑，以身体本身来引导人们的七情六欲和消费冲动，身体成为娱乐大众的一种商品形式。20世纪末计算机的使用和网络的兴起，延续并加剧了这种现象。2017年6月，有人在微博上发起话题，引发了"好看的皮囊千篇一律，有趣的灵魂万里挑一。所以，我选择吴彦祖"的讨论。这个话题曾经一度引发社交媒体狂欢，这只是后现代消费时代肉体战胜灵魂大潮中的一朵小浪花而已。

由于网络文学的发表机制不同于期刊的发表机制，相对轻易，他们只要抓住网络文学读者的胃口，就能被接受，就能大卖，从而获得安身立命甚至致富成名的机会。因此，庞大的网络文学作者群体以网络文学为职业，拥有对大众流行文化最敏感的神经，深谙网络文学读者的需求和所好，更兼在文学网站商业机制的推波助澜下，更是将网络文学的商业性发挥得淋漓尽致。由于商业性的推动，网络文学类型很快进行了分化和细分，实际上就是对读者群体的阅读兴趣进行细分，每一个细分群体的喜好都得到重视，比如盗墓、侦探、穿越、二次元、纯爱等，但是由于网络文学的受众十分庞大，每个所谓的细分群体其实都拥有庞大数量的人群，在产业和商业的推动下，网络文学越来越类型化，网络类型小说成为网络文学的主流。由于网络文学对大众文化市场及读者趣味的敏感和敏锐，网络文学中充斥着大众文化中最流行的内容，通过类型小说体现出来，形成网络文学类型的爆款，并反过来对大众流行文化产生深远影响。2004年"大陆新武侠"概念诞生，2006年被称为"盗墓年"，2007年被称为"穿越年"，此后的后宫、职场、游戏、修真等类型你方唱罢我登场，2015年由于网络文学影视剧改编火爆，被称为"IP元年"。在文化产业链中，网络文学处在链条的上游，并以网络文学IP的方式反哺游戏、漫画、影视、音乐及其周边。

马歇尔·麦克卢汉曾经断言："媒介即信息只不过是说：任何媒介（即人的任何延伸）对个人和社会的任何影响，都是由于新的尺度产生的；我们的任何一种延伸（或曰任何一种新的技术），都要在我们的事务中引进一种新的尺度。"[①]新媒介这一新尺度塑造了网络文学文本的新形态，根据市场和大众的需求，小说类型化达到了极致，文本呈现出性别区分的显著特征，即男频（男生频道的简称，男频类别的网络类型小说主要阅读群体为男性，而男生则从侧面体现了受众读者低龄化的特点）和女频（女生频道的简称，女频类别的网络类型小说的主要受众群体为女性）两个大的分类，这两个分类又细分出诸多类型。男频和女频分别映射和对应男性、女性的文学趣味、社会心理和情感欲望，形成了网络文学男频文和女频文的基本

---

① 　马歇尔·麦克卢汉：《理解媒介：论人的延伸》，何道宽译，译林出版社，2011，第18页。

格局。虽然新文学以来的通俗文学也形成了男武侠、女言情的基本态势，但是从来没有像网络文学这样类型细化、性向明确及受众认可。[①]网络文学不仅继承和延续了通俗文学的这一传统，还在自身商业性的推动下，形成了明确的男频和女频，使得网络类型小说的文本具有了明显的性别特征。本文将这种现象称为网络文学的性别文本。

根据站长之家（chinaz.com）2018年9月16日的统计，中国境内PC端中文文学网站共1137家，移动端中文文学网站共309家[②]。根据中文文学网站的内容经营区分，现在的中文文学网站内容运营垂直细化，分类繁多，根据网络文学的题材区分，和传统文学相比，甚至于和网络文学初期相比，中文文学网站和网络文学文本出现了一个十分显著的特点：中文文学网站除了大量的综合性网站（即男频和女频兼具），还细分出了专门的针对男性读者和女性读者的网站。比如，起点中文网分别由起点男生网和起点女生网组成，分别对应男性读者和女性读者。晋江文学城、潇湘书院、红袖添香、云起书院、小说阅读网、蔷薇书院等几大网站则为女性文学网站。中文文学网站的垂直细分是和网络文学文本类型的性别取向细分分不开的。

本文选取了以提供网络小说为主的PC端中文文学网站58家（数据统计截止到2018年9月27日，在站长之家排名前百的

---

① 这种分类也不是绝对的，不管作者和读者，都存在男性写女频文或女性写男频文、男性读女频文或女性读男频文的现象。不管蝴蝶蓝同不同意，《全职高手》都拥有大量女性读者，并将《全职高手》认定为女性向网文。男频作品《盗墓笔记》女性读者的接受也存在类似情况。

② 站长之家，http://top.chinaz.com/hangye/index_yule_xiaoshuo.html，访问日期：2018年9月27日。

PC端中文文学网站中选取）、移动端中文文学网站30家（数据统计截止到2018年9月27日，在站长之家排名前50的移动端中文文学网站中选取）及移动端中文文学阅读APP18家（在手机应用商店下载）考察网络文学的类型细分和性别文本现象，而不将主要提供纸质出版电子书（例如恒言中文网、文章阅读网）或者网络文学社区交流（例如龙的天空、派派小说后花园），网络散文、诗歌类（例如美文网）PC端、移动端中文文学网站和移动端中文文学APP列入考察范围。[①]

表一　PC端中文文学网站文学频道、类型及性别分类情况（58家）

序号	网站名称	分类			性别取向
1	起点中文网	男频：玄幻、奇幻、武侠、仙侠、都市、现实、军事、历史、游戏、体育、科幻、灵异	女生网	二次元	男频＋女频 男频为主
2	纵横中文网	奇幻玄幻、武侠仙侠、历史军事、都市娱乐、竞技同人、科幻游戏、悬疑灵异	花语女生	二次元	男频＋女频 男频为主
3	晋江文学城		言情、纯爱		女性向
4	创世中文网	玄幻奇幻、武侠仙侠、都市现实、历史军事、游戏体育、科幻灵异	女生言情	二次元	男频＋女频 男频为主

① 下文表格中，中文文学网络的频道类型（有的分为男频、女频，有的分为男生、女生等）、文本类型（耽美、纯爱实际上是同一类型，完本、全本等均为完结作品）、男频女频分类下具体文本类型和名称，均采用该网络的提法，以尽量反映网络文学场域的真实面貌。

（续表）

序号	网站名称	分类		性别取向
5	飞卢中文网	男生小说	女生小说	男频＋女频
6	飞卢小说网	玄幻仙侠、校园、同人小说、历史军事、科幻网游、恐怖灵异、	女生小说	男性向
7	2K小说	玄幻、武侠、都市、历史、网游、科幻、侦探、同人、悬疑	言情	未明确
8	风云小说网	玄幻、武侠、都市、穿越、网游、科幻、其他		男性向
9	八零电子书	奇幻修真、奇幻魔法、异术超能、东方传奇、王朝争霸、江湖武侠、未来幻想、灵异鬼怪、探险揭秘、历史传记、特种军旅、网游	魔幻女强、都市婚姻、百合之恋、同人美文、穿越架空、王室贵族、魔法校园、乡土布衣、官职商战、间谍暗战、唯美言情	男频＋女频
10	笔趣阁	玄幻、修真、都市、历史、网游、科幻、恐怖	全本	男性向
11	17K小说网	男生	女生　完本	男频＋女频
12	陌上香坊	男生频道	古代言情、现代言情、幻情仙侠、耽美同人、灵异推理、科幻网游、自媒体　美文	女性向

　　　　　　　　　　　　　网络文学：媒介、文本和叙事

序号	网站名称	分类			性别取向
13	言情小说吧		古代言情、现代言情、玄幻仙侠、灵异科幻、青春游戏		女性向
14	品书网	玄幻奇幻、武侠仙侠、都市言情、历史军事、游戏竞技、科幻灵异、	女生频道	其他小说	男频＋女频 男频为主
15	塔读文学网	现代都市、悬疑灵异、玄幻奇幻、武侠仙侠、历史军事、游戏竞技	原创女生（总裁、穿越）		男频＋女频
16	八一中文网	玄幻、修真、都市、历史、网游、科幻、其他	言情		男频＋女频 男频为主
17	奇书网	玄幻奇幻、都市言情、武侠仙侠、耽美同人、青春校园、科幻灵异、穿越架空、网游竞技、历史军事	女频言情	现代文学	男频＋女频 男频为主
18	斗破苍穹小说网	玄幻、奇幻、武侠、仙侠、都市、历史、军事、游戏、竞技、科幻、灵异、同人、其他	女生	短小故事	男频＋女频 男频为主
19	奇塔文学网	玄幻、武侠、都市、历史、侦探、网游、科幻、恐怖、其他		散文诗词	男性向

（续表）

序号	网站名称	分类			性别取向
20	红袖添香		古言、现言、原创、玄幻、都市、言情、娱乐、种田、科幻、悬疑、灵异、穿越、重生、宠文		女性向
21	妙笔阁	玄幻、奇幻、武侠、仙侠、都市、历史、军事、科幻、灵异、网游、竞技、其他	女频		男频＋女频男频为主
22	酷匠网	少男	二次元		男频＋女频男频为主
23	骑士小说网	玄幻奇幻、武侠修真、现代都市、历史军事、游戏竞技、科幻灵异			男性向
24	TXT小说下载网			武侠小说、玄幻小说、都市言情、恐怖灵异、现代文学、侦探推理、科幻小说、穿越架空、古典名著、历史军事、网游小说	未明确

（续表）

序号	网站名称	分类			性别取向
25	黑岩网	悬疑、历史、军事、玄幻、奇幻、仙侠、武侠、科幻、游戏、同人、社会	古言		男频＋女频 男频为主
26	书包网	男生版：玄幻奇幻、武侠仙侠、都市重生、历史军事、恐怖推理、科幻网游	女生版：都市言情、古代言情、穿越重生、玄幻仙侠、青春同人、网游科幻	耽美版：现代耽美、古代架空、穿越重生、玄幻科幻、BL同人、GL百合	男频＋女频
27	笔趣阁小说阅读网	玄幻、修真、都市、历史、网游、科幻			男性向
28	逐浪网	仙侠、玄幻、历史、武侠、科幻、二次元	言情	完本	未明确
29	酷易听网	玄幻魔法、武侠修真、都市言情、历史军事、侦探推理、网游动漫、科幻小说、恐怖灵异、穿越小说		其他类型	男性向
30	话本小说网	男生：玄幻、都市、仙侠、灵异、游戏、科幻、奇幻、历史、竞技、轻小说、短篇	女生：古代言情、玄幻言情、都市言情、TFBOYS、EXO、明星同人		男频＋女频

（续表）

序号	网站名称	分类			性别取向
31	红薯中文网	男频	女频		男频＋女频
32	鬼姐姐鬼故事	小说：恐怖、灵异、盗墓、悬疑、都市、玄幻、仙侠	故事：鬼故事短篇超吓人、民间、恐怖、灵异、真实、校园、内涵、短小、新手、乡村、僵尸、恐怖图片		未明确
33	起点女生网		仙侠奇缘、古代言情、现代言情、浪漫青春、玄幻言情、悬疑灵异、科幻空间、游戏竞技、N次元		女性向
34	顶点小说网	玄幻魔法、武侠修真、都市言情、历史军事、侦探推理、网游动漫、科幻小说、恐怖灵异、散文诗词	其他	全本	男频＋女频男频为主
35	小说阅读网		现言青春、古言玄幻、神秘幻想		女性向

序号	网站名称	分类			性别取向
36	吞噬小说网			吞噬小说	未明确
37	落秋中文网	玄幻魔法、武侠修真、都市言情	女生小说		男频＋女频
38	知轩藏书	都市娱乐、武侠仙侠、奇幻玄幻、科幻灵异、历史军事、竞技游戏、	实体女生	二次元	男频＋女频男频为主
39	欢乐书客	同人	女生	宅文、漫画、游戏	男频＋女频
40	黄金屋中文	玄幻奇幻、武侠仙侠、都市言情、历史军事、游戏竞技、科幻灵异			男性向
41	SF轻小说			轻小说	未明确
42	乐文小说网	玄幻魔法、武侠修真、都市青春、历史军事、科幻灵异、网游小说	女生频道		男频＋女频男频为主
43	紫幽阁	玄幻奇幻、都市言情、历史军事、网游竞技、灵异恐怖	古代言情、耽美同人、穿越架空		男频＋女频

（续表）

序号	网站名称	分类			性别取向
44	文学谜	玄幻魔法、武侠修真、都市青春、历史军事、网游动漫、科幻小说、恐怖灵异			男性向
45	88读书网	玄幻魔法、武侠修真、都市言情、历史穿越、恐怖悬疑、游戏竞技、军事科幻	女生频道		男频＋女频男频为主
46	潇湘书院		现言、古言、青春、玄幻、科幻		女性向
47	一本读	玄幻、武侠、都市、穿越	言情		男频＋女频
48	书本网	玄幻、修真、都市、穿越、网游、科幻、其他			男性向
49	猫扑文学	奇幻玄幻、武侠仙侠、都市青春、历史穿越、游戏竞技、科幻灵异			男性向
50	品书网	玄幻奇幻、武侠仙侠、都市言情、历史军事、游戏竞技、科幻灵异、	女生频道	其他小说	男频＋女频男频为主
51	风云小说阅读网	玄幻、武侠、都市、穿越、网游、科幻		其他	男性向

　　　　　　　　　　　　网络文学：媒介、文本和叙事

序号	网站名称	分类		性别取向
52	话语女生网		古代言情、都市言情、幻想时空、耽美同人	女性向
53	磨铁中文网	都市娱乐、悬疑灵异、玄幻奇侠、奇幻科幻、历史军事、武侠同人		男性向
54	SoDu小说搜索	玄幻		男性向
55	书海小说网	都市言情、玄幻修真、历史武侠、网游竞技、军事科幻、恐怖同人	女生频道：古言穿越、现言青春、幻情灵异、同人纯爱	男频＋女频
56	看书啦	玄幻、仙侠、都市、历史、网游、科幻、恐怖		男性向
57	衍墨轩	玄幻、奇幻、修真、都市、历史、同人、武侠、科幻、游戏、军事、竞技、灵异	言情	男频＋女频 男频为主
58	爪机书屋	玄幻、修真、都市、穿越、网游、科幻、悬疑、穿越	言情、女生	男频＋女频

表二　移动端中文文学网站文学频道、类型及性别分类情况（30家）

序号	移动网站名称	分类			性别取向
1	起点手机网	玄幻、奇幻、武侠、仙侠、都市、现实、军事、历史、游戏、体育、科幻、灵异、二次元、短篇	古代言情、仙侠奇缘、现代言情、浪漫青春、玄幻言情、悬疑灵异、科幻空间、游戏竞技、N次元		男频＋女频
2	17K小说网手机版	玄幻奇幻、武侠仙侠、都市小说、历史军事、游戏竞技、科幻末世	古代言情、都市言情、浪漫青春、幻想言情	个性化：悬疑小说、情感小说、二次元、自述小说、爆笑小说、青春小说	男频＋女频
3	八零电子书手机版	修真、魔法、异术、东方、争霸、武侠、未来、灵异、探险、传记、特种、网游、竞技	女强、婚姻、百合、唯美、穿越、鬼族、校园、布衣、商战、间谍、同人		男频＋女频
4	纵横中文网手机版	奇幻玄幻、都市娱乐、武侠仙侠、历史军事、科幻游戏、悬疑灵异、竞技同人、幻想时空、都市言情、古代言情、耽美同人	评论文集		男频＋女频
5	飞卢中文网手机版	玄幻奇幻、武侠仙侠、同人小说、都市言情、军事历史、科幻网游、恐怖灵异、轻小说、女生小说	短篇、其他		男频＋女频
6	88读书网手机版	玄幻魔法、武侠修真、都市言情、历史穿越、恐怖悬疑、游戏竞技、军事科幻、综合类型、女生频道			男频＋女频，男频为主

序号	移动网站名称	分类			性别取向
7	2K小说手机版	玄幻、仙侠、都市、历史、网游、科幻、侦探、同人、言情、悬疑			未明确
8	塔读文学网手机版	男生	女生	二次元、出版	男频＋女频
9	56书库手机版	玄幻魔法、武侠修真、都市言情、历史军事、侦探推理、网游动漫、科幻小说、恐怖灵异、诗词散文、其他类型			男性向
10	潇湘书院手机版	古代言情、现代言情、玄幻言情、仙侠奇缘、悬疑灵异、浪漫青春、科幻空间、游戏竞技			女性向
11	小说阅读网手机版	玄幻、奇幻、武侠、仙侠、都市、现实、军事、历史、游戏、体育、科幻、灵异、二次元、短篇	现代言情、古代言情、浪漫青春、玄幻言情、仙侠奇缘、悬疑灵异、科幻空间、游戏竞技、短篇小说、N次元		男频＋女频
12	笔趣阁手机版	玄幻、修真、都市、历史、网游、科幻、恐怖、其他			男性向
13	三江阁手机版	玄幻魔法、武侠仙侠、都市言情、历史军事、游戏小说、网游动漫、科幻小说、女生小说、其他小说			男频＋女频，男频为主
14	56听书网手机版	有声小说：玄幻武侠、都市言情、恐怖悬疑、综艺娱乐、网游竞技、军事历史、刑侦推理	评书、其他		未明确

（续表）

序号	移动网站名称	分类			性别取向
15	鬼姐姐鬼故事手机版	长篇小说：恐怖、灵异、盗墓、悬疑、现言、古言、幻言、校园、都市、玄幻、仙侠、历史、军事、游戏、科幻、武侠、奇幻、竞技、文学	短篇故事	热门标签	未明确
16	奇书网手机版	玄幻小说、武侠仙侠、女频言情、现代都市、历史军事、游戏竞技、科幻灵异、美文同人			男频＋女频
17	斗破苍穹小说网手机版	玄幻、奇幻、武侠、仙侠、都市、历史、军事、游戏、竞技、科幻、灵异、同人、女生、其他			男频＋女频
18	小说者手机版	玄幻、武侠、都市、历史、穿越、豪门、宫廷、种田			男频＋女频
19	追书神器手机版	玄幻、奇幻、武侠、仙侠、都市、职场、历史、军事、游戏、竞技、科幻、灵异、同人、轻小说	古代言情、现代言情、青春校园、纯爱、玄幻奇幻、武侠仙侠、游戏竞技、悬疑灵异、同人、女尊、莉莉（即百合）	漫画、出版	男频＋女频
20	晋江文学城手机版	古代言情、都市青春、幻想现言、古代穿越、奇幻言情、未来游戏悬疑、现代纯爱、古代纯爱、百合小说、衍生纯爱、二次元言情、衍生言情			女性向

　　　　　　　　　　网络文学：媒介、文本和叙事

序号	移动网站名称	分类		性别取向
21	桑舞小说网手机版	玄幻魔法、武侠修真、都市言情、历史穿越、侦探推理、网游动漫、军事科幻、恐怖灵异、女生小说		男频+女频，男频为主
22	快读手机版	言情、都市、玄幻、仙侠、武侠、校园、游戏、灵异、科幻、同人、耽美		男频＋女频
23	言情小说吧手机版	玄幻、奇幻、武侠、仙侠、都市、现实、军事、历史、游戏、体育、科幻、灵异、二次元、短篇	现代言情、古代言情、浪漫青春、玄幻言情、仙侠奇缘、悬疑灵异、科幻空间、游戏竞技、短篇小说、N次元	男频＋女频，女频为主
24	逐浪网手机版	男生	女生	男频＋女频
25	红袖添香手机版	男生	女生	男频＋女频，女频为主
26	博听网手机版	有声小说、玄幻网游	百家讲坛、雷鸣拍案、袁腾飞讲历史、刑警803、经典文学、家庭教育	男频＋女频

（续表）

序号	移动网站名称	分类		性别取向
27	520听书网手机版	玄幻奇幻、修真武侠、恐怖灵异、都市言情、穿越有声、网游小说、军事、官场商战	粤语古仔、评书大全、百家讲坛、历史纪实、推理、儿童、广播剧、相声小品、通俗文学、有声	男频＋女频
28	北斗星小说网手机版	玄幻奇幻、武侠仙侠、都市异能、历史军事、游戏竞技、科幻世界、灵异悬疑、耽美同人、言情小说		男频＋女频
29	鬼故事手机版	鬼故事		未明确
30	万卷书屋手机版	都市、言情、历史、军事、奇幻、玄幻、武侠、仙侠、科幻、灵异、竞技、游戏、同人、其他		未明确

表三　移动端中文文学阅读APP文学频道、类型及性别分类情况（18家）

序号	移动阅读APP	分类			备注
1	掌阅iReader	男生	女生	出版、漫画、听书、积木学院、免费、虚构书店、板栗	
2	QQ阅读	男生	女生	出版、漫画、音频	
3	书旗免费小说	男生	女生	二次元、精选	
4	熊猫看书	男生	女生	精选、出版、漫画、听书	
5	网易云阅读	男生	女生	精选、免费、出版、听书	

（续表）

序号	移动阅读APP	分类			备注
6	网易蜗牛读书				纸质出版物的电子版
7	塔读文学	男生	女生	电子书、租阅、有声课	电子书为纸质出版物的电子版
8	微信读书		女生	青春言情、文学艺术、心灵治愈、连载漫画、限时免费	
9	百度阅读	男生	女生	出版	第一次进入APP会让使用者选择是男生还是女生
10	当当云阅读				纸质出版物的电子版
11	搜狗阅读	男生	女生	出版	
12	起点读书	男生	女生	漫画、听书、对话	
13	追书神器	男生	女生	漫画、出版	第一次进入APP会让阅读者选择是男生还是女生
14	多看阅读	男生	女生	漫画、杂志、听书	
15	咪咕阅读	男生	女生	精选、出版、二次元、听书	
16	懒人听书	男频	女频		仅以其中的"原创"（网络文学）为例
17	快看小说	男频	女频	出版	
18	爱阅读	男频	女频		

通过观察和对比表一、表二和表三，我们发现，在网络文学由PC端向移动端发展的进程中，网络文学题材分类的性别特征越来越明显，且在男频和女频大的分类下，小说类型标签越来越细致具体，越来越便于读者挑选适合自己阅读习惯和口味的题材类型。2021年2月，CNNIC（中国互联网络信息中心）发布《第47次中国互联网络发展状况统计报告》，报告指出，截至2020年12月，我国网络文学用户规模达4.60亿，网民使用率达46.5%。手机网络文学用户规模达到4.59亿，网民使用率达45.6%。手机网络文学用户占总体网络文学用户比例的99.78%。网络文学用户已经基本向移动端迁移完毕，这一方面反映了使用移动端网络用户的持续增多，另一方面也反映了移动端中文文学网站及APP的内容运营及分类契合了用户的需要和选择。

　　综合考察58家PC端中文文学网站（表一），其中综合（男频和女频皆有）网站29家，综合网站中以男频为主的网站16家，男性向网站15家，女性向网站8家，单独提供某一类型小说的网站2家，分别为轻小说和玄幻。值得注意的是，这58家网站中只有6家网站没有明确男频和女频，而只采用小说类型分类。

　　综合考察30家移动端中文文学网站（表二），其中综合网站21家，男性向网站2家，女性向网站2家，未明确男频、女频的网站5家。这5家网站虽然没有明确男频、女频，但以小说类型分类。

　　综合考察18家移动端APP（表三），全部以男频、女频分类，一般在男频、女频下面分若干类型，每个类型下面都

　　　　　　　网络文学：媒介、文本和叙事

有更加具体细致的标签。以起点手机网为例，在女生的分类下有古代言情这个类型，古代言情这个类型下面又有"女尊王朝""古典架空""古代情缘""穿越奇情""宫闱宅斗""经商种田""西方时空""清穿民国""上古蛮荒""热血江湖"等标签，对该类型小说做出进一步的说明和界定，方便读者选择自己喜欢的类型。

通过以上的分析，我们能够直观清晰地知道：首先，网络类型小说的类型多样，并且已经形成了固定的几大类型，比如男频中的玄幻、奇幻、武侠、仙侠、历史、军事、都市、修真、灵异、恐怖、网游、穿越、同人、二次元等；女频言情具体又分为古代、现代、穿越、宫斗、宅斗、纯爱、百合、种田等。男频和女频中的类型名称有可能是一样的，比如都是穿越，但是小说的主角、爽点和叙事动力完全不同，在这一点上，文本的性别特征尤其明显。其次，一些网络文学网站不仅提供类型小说文本，有的还增加了图片（视觉）、有声小说（听觉）、漫画和游戏，增加了文本的多重体验，加大了文本和读者之间的互动性，增强了读者的沉浸感。尽管网络类型小说的文本具有鲜明的性别取向，但是这种性别之分区别于传统小说里的女性小说对于男权中心主义的对抗和反叛，它不以社会历史叙事和宏大政治叙事为重心，甚至放弃了历史和诗意，以敏锐的嗅觉和触感，捕捉男女身体深处不同的爽点，让不同性别的读者在一个个乌托邦里切身体认饮食男女的世俗成功，从而获得最大限度的商业价值和人文关怀。

二、身体叙事

要论述身体叙事，首先要辨析"身体"一词。自从西方哲学上的"身体"被尼采发现，"我全是肉体，其他什么也不是；灵魂不过是指肉体方面的某物而言罢了"[①]，此后的身体在哲学、美学、社会、文化、文学、艺术等学科领域均被大量深入研究和提及，并且取得了丰硕的成果，以至于伊格尔顿说："当代批评中的身体比滑铁卢战场上的尸体还要多。"[②]然而，中西方的身体观念并不尽相同。在西方哲学史上，不管是柏拉图、笛卡尔的重灵魂轻身体，还是尼采的重身体轻灵魂，再到康德、黑格尔、马克思、福柯，一直存在身体和灵魂的相互独立、对立、二分和辩证。而"身体"在中国传统思想中，"儒家身体观的特征是四种体的综摄体，它综摄了意识的主体、形气的主体、自然的主体与文化的主体，这四体绵密地编织于身体主体之上。儒家理解的身体主体只要一展现，它即含有意识的、形气的、自然的与文化的向度。这四体互摄互入，形成一个有机的共同体"[③]。可见，东方的身体和灵魂是有机统一的，而西方的身体和灵魂一直处在二分状态，尽管黑格尔等人企图将二者辩证地统一起来。中国以"形""神"对应西方的"肉""灵"。但此"形"和彼"肉"大相径庭，在

---

① 尼采：《查拉图斯特拉如是说（详注本）》，钱春绮译，生活·读书·新知三联书店，2007，第31页。

② 特里·伊格尔顿：《历史中的政治、哲学、爱欲》，马海良译，中国社会科学出版社，1999，第199页。

③ 杨儒宾：《儒家身体观》，"中央研究院"中国文哲研究所筹备处，1999，第9页。

中国古代哲学和文学中，对"身体"的描述重传神而轻细致入微的写实绘形，而西方哲学和文学则普遍偏重具体细致入微的写实。尽管20世纪的身体研究如此繁盛，但是身体叙事的提出和兴起，却是20世纪后期的事情。20世纪70年代中期，埃莱娜·西苏在《美杜莎的笑声》中提出了身体叙事理论，但带有浓烈的女性主义色彩。2000年丹尼尔·潘戴发表《身体叙事学？》，并于2003年出版专著《叙事身体：建构叙事身体学》，才真正建构起身体叙事学。随着20世纪初的西学东渐，以及新文学运动以来文学和文学批评的全面深入，中国现代文学中的身体叙事明显对西方的"身体"有了更深的体悟和借鉴。以发端于20世纪的身体叙事去观望中国传统小说，由于中西方身体文化差异，如果在理论上生硬套用，难免会有削足适履之感。

20世纪90年代以来的消费社会和身体娱乐的流行，身体成为消费的重要内容，整形、美容、健身、化妆等产业的兴起，明星崇拜、选美、选秀、时装秀等大众文化的蓬勃，也带来了小鲜肉、小花、颜值等概念的泛滥，身体及其周边消费在社会生活中所占的份额越来越多，人们在消费的浪潮中，只能在商家制造的"双十一"之类的购物狂欢中过节。这种身体消费文化对文学产生了极其重要的影响。在主流文学方面，林白的《一个人的战争》、陈染的《私人生活》、卫慧的《上海宝贝》、绵绵的《糖》等相继问世，在文坛上掀起了身体题材之风，以女性之视角，发挥肉体描述之能事，这种肉体狂欢甚至达到了令人侧目的程度。在诗歌领域兴起了"下半身写作"，贴着肉感写作，笔触之大胆露骨，令人咋舌。主流文学的这种身体叙事，更多的是集中在肉体的袒露和陈列，张扬女性身体或者肉欲的狂欢，以肉体之偏代替身体之全，甚至极端地将肉体和灵魂不自觉地对立起来，是其鲜明的特点。

彼得·布鲁克斯认为身体是现代小说、绘画等艺术形式推动叙事展开的动力，叙事就是身体的符号化过程，而身体是通往满足、力量和意义的钥匙。[①] 米歇尔·福柯则认为身体是乌托邦的身体，"它奔跑，它行动，它活着，它欲望"[②]，巨大而无节制，可以吞噬空间并主宰世界，可以和一种秘密权力和不可见之力量交流。身体是世界的零点和中心。考察网络类型小说里的身体，则恰恰如福柯所言的乌托邦身体，也如布鲁克斯所言，是推动叙事展开的动力。

（一）欲望身体：女频类型小说的欲望城堡

女频言情中有一种类型文叫"霸道文"，即"霸道总裁爱上我"的套路文。"霸道文"的套路和精髓在于，不管女主角是什么出身、职业或者长相，男主角必须是"霸道总裁"，并且不管霸道总裁做什么行业，标配必须是多金、帅气、深情且只对女主深情。网络作家叶非夜曾经创下单日销售15.6万元的纪录，人气超高，被称为"言情天后"。曾经有人戏言，她创作了10部作品，迄今共计887万字，每部作品看起来都一样，似乎每部作品之间最大的区别就是男女主角名字的不同。既然

---

① 彼得·布鲁克斯：《身体活：现代叙述中的欲望对象》，朱生坚译，新星出版社，2005。

② 米歇尔·福柯著，汪民安编：《声名狼藉者的生活》，北京大学出版社，2016，第191页。

如此，女性读者为什么还沉迷其中不能自拔呢？叶非夜所有作品类型都是现代言情，除了《小镇情缘》，其他九部作品（《时光和你都很美》《亿万星辰不及你》《那时喜欢你》《傲娇男神住我家：99次说爱你》《国民老公带回家》《致我最爱的你》《亿万逐爱》《亿万继承者的独家妻：爱住不放》《爱你，是我的地老天荒》）的标签都是"豪门"，都是顶配的"霸道文"。在这类言情里，光从小说名就可以看出来，男主就是金钱和权力的化身，而女主则是集万千宠爱于一身。叶非夜们用金钱和男色建筑了一座爱情之城，这座城里只有一种信仰，那就是拥有万千身价，既有钱又有颜，坐拥亿万身家的总裁只对女主一个人用情至深、至死不渝，这是一座关乎爱情的欲望城堡。而十分有意味的是，"霸道文"的开篇通常从一场"性爱"开始。男主和女主阴差阳错，或被人算计，或醉酒，或遭出卖，林林总总，最后的结果就是女主和男主滚了床单，男主便认定了女主的身体，因为只有这一具身体能够和他匹配，获得幸福。此后男主就开展了对女主"虐几章甜几章"的追求情节（有时表现为女追男）。这里的身体显然是欲望的肉体，是关乎性别、性爱及性心理的身体。弗洛伊德的精神分析曾经指出，身体的欲望和快感是艺术生产的动力。但是仅仅把"霸道文"看成是欲望的肉体也是以偏概全。如果仅仅存在感官的性爱的肉体，那么女频只会陷入"小黄文"这条死胡同。在这个关乎爱情的乌托邦里，所有的肉体都会升华为一个寻爱的精神之旅。这就是说，现代言情里面的灵和肉是同构的，所有的"盛世美颜""权力滔天""富可敌国"，都只是对于"富贵不能淫""坚定永不移"之爱情的陪衬。或者说，女性读者在"霸道文"里享受的就是一种"万千宠爱集于一身"的感情之旅。

女频"宫斗""宅斗""商战""重生""穿越"类型小说看似充满计谋和政治的硝烟,但是女主角们的争斗总是被这样设置:她只是一个单纯善良聪明的少女,在风声鹤唳的后宫、内宅、商场,迫于自保,或是为了保护家人,或是为了挽救家族企业,或是为了复仇,或是前世姻缘,不得不参与到这些阴险狡诈的斗争旋涡中来,并在争斗过程中收获一段真情,这分别是《后宫·甄嬛传》(流潋紫)、《知否?知否?应是绿肥红瘦》(关心则乱)、《裂锦》(匪我思存)、《庶女有毒》(秦简)、《步步惊心》(桐华)等作品的叙事线索。而修真、玄幻、科幻、悬疑、侦探、灵异、娱乐、种田等女频类型网文在背景设置上别开生面,但是所有的类型背景都只是为"言情"提供新鲜的背景板,《花千骨》(Fresh果果)里花千骨不管得道或是堕魔,心心念念的只不过是师傅白子画,推动故事情节发展的并不是"打怪升级",而是花千骨的感情线;《散落星河的记忆》(桐华)在科幻的背景下,不断呈现星际大战、人种毁灭、生命追问,而这些关乎浩瀚星际和物种毁灭的大命题只不过是洛寻和千旭爱情的小陪衬;丁墨的探案系列言情小说,比如《他来了,请闭眼》《美人为馅》《如果蜗牛有爱情》等,在紧张悬疑的探案氛围中,着意刻画的也是女主角和男主角的爱情线……

在女频作者的笔下,不管小说的人物形象拥有怎样的背景、怎样超强的能力,抑或怎样纤弱不堪,内心最缺乏、最渴望的都是一段爱情。甚至在很多小说里,为了刻画和描绘爱

　　　　　　　　网络文学:媒介、文本和叙事

情，其他感情甚至连逻辑都经不起推敲，比如《何以笙箫默》（顾漫）里的赵默笙从小得不到妈妈的爱，而交代的原因竟然是父母失和。赵默笙父亲自杀前，宁肯安排赵默笙出国，把她托付给友人，而她母亲离群索居，对只身在国外的赵默笙不闻不问，置之不理。或许这种叙事安排只是为了凸显何以琛对赵默笙的等待和痴情，但这种家庭关系显然不合现实逻辑。女频类型小说总体上言情居多，且将爱情安置于一个精美的城堡里，不管八面来风，"情"自屹然不动，而在这场爱情的角逐里，女主角获胜的最终法宝是她独一无二的身体。这种文本契合了女性读者对于爱情的渴望心理，在平庸的现实里不可能得到的"倾国倾城之恋"，被寄托在言情类型小说的身体叙事之中。

（二）权力身体：男频类型小说的权力世界

网络文学在资本的裹挟下，将文学商品化，对男性和女性因为性别不同而客观存在的阅读快感和阅读需求加以细致区分，以一个个具体的类型和标签对应每一个有需求的人群，来获取文学作为一个商品的最大效益。男性读者的阅读爽点自然不同于女性读者的纯粹情感诉求。男频类型小说中的身体叙事与女频类型小说中的身体叙事相比有着不一样的景观。

1．物质化身体

在男频类型小说中，身体在叙事中表现出了更重要的意义。区分男频和女频最重要的标志有两个，一个是阅读群体的划分，男频的读者绝大部分是男性，而女频的读者绝大部分是女性；另一个是类型小说主角的区分，男频类型小说的主角一定是男主角，通常情况下故事的发生、开展是伴随着男主角的经历而组织展开的。而女频的主角则为女主角。

男频类型小说构架恢宏，动辄数百万字。为了叙事的方便，男频类型小说通用且好用的叙事方法是"打怪升级"，男主角一出场注定是一个草根和无名小卒，其自然身体孱弱不堪，这样的开场造成了身体叙事的张力：自然身体的孱弱和所处世界的弱肉强食形成了对抗和张力。故事的线索和推进变得清晰明朗起来，"打怪升级"成为必经之途。"打怪升级"的叙事过程其实就是男主角自然身体物质化的过程。天蚕土豆的《斗破苍穹》的开篇就是如此，男主角萧炎身为斗气大陆萧氏家族族长之子，仅处在斗之力三段，受尽家族兄弟姐妹的嘲笑，更受到未婚妻的看低而遭退婚。萧炎如果要让自身实力提升、不让父亲失望、反击周遭的嘲笑，只能开始其自然身体物质化的过程。这个过程身体全程参与其中，承担着推动叙事的重要功能。自然身体的物质化，在男频的修真、玄幻、都市、游戏等类型中被广泛应用，通常表现为男主角借助外物（天材地宝、秘籍、灵药等）加强自身实力，使自然身体物质化。这个叙事的过程是身体和外部世界的交流和冒险，也是身体对外部世界的窥探和认知，更是外部世界对身体自身的滋养、补充、壮大甚至是反噬，这个进程充满冒险和刺激，使得文本故事充满悬念和趣味。

2. 虚构性身体

男频类型小说里的身体，可以九死一生，可以百折不挠，可以上天入地，可以千变万化，和现实身体形成强烈对比和反差。男频类型小说偏重幻想，需要建构新的"世界观"。架空的新世界是否宏大和自洽，决定着故事的建制和篇幅。和虚构的世界相对应，网络作家也对身体进行了虚构，且这种虚构是一种对身体的宏大想象，恰如福柯所言，"一个巨大而无节制的身体可以吞噬空间并主宰世界"[①]。男频玄幻类型尤其能体现这一点。《将夜》（猫腻）的世界观是一个由昊天统治的世界，在人间世，存在四大势力，即唐朝书院、道门、佛宗和魔宗，昊天和人间世既是统治和被统治的关系，又存在冲突和杀伐。男主角宁缺从一个普通士兵，在机缘巧合和自己的修炼中，敢于与昊天斗，保卫人间世的世俗安乐。这是一个与天斗其乐无穷的故事，在这样的幻想世界里，猫腻在故事中赋予人以无穷的力量，可以保卫家国，抗击巨大的四大势力，甚至能娶到无情强大的昊天，用人间烟火感化昊天。力量强大的昊天和夫子都拥有巨大的身体，昊天可以化为天上的太阳，也可以变成宁缺的侍女桑桑，也可以遮天蔽日，充塞天地；而夫子既可以是书院的吃货老头，也可以有好几层楼那么高，也可以与昊天斗，成为月亮。

3. 同构性身体

男频类型小说所建构的世界，是通过身体的逐步修炼才能被发现的，也就是说，身体是进入这个世界的通行证，身体也是这个世界的一部分，二者具有同构性的关系。身体与所建构世界的同构性体现在，身体的修炼和拓展，可以打通和连接世界，与世界交流和融合。《神偷化身》（蚕茧里的牛）是一部

---

① 米歇尔·福柯著，汪民安编：《声名狼藉者的生活》，北京大学出版社，2016，第192页。

游戏类型小说，男主角周健原本只是一个普通的大学新生，成绩普通，酷爱玩《神魔》游戏。他惊异地发现自己的身体拥有游戏世界里的技能和属性，于是开始了他"开挂"的人生。《神魔》游戏的世界里有一种药水，周健在现实世界竟然也能使用和救命。在这里，周健的身体和游戏世界是同构的，具有同样的属性和特性。在蚕茧里的牛的另一部作品《武极天下》中，男主角林铭潜心追求武道，引真元淬体，一重练力，二重练肉，三重练脏，四重易筋，五重锻骨，六重凝脉。武道世界的每一重都对应着练武者身体的一重修炼状态，在改造身体的进程中得以窥见对应的武学世界，而叙事的动力就在于更高境界对于武者的吸引。而这种身体和外在世界——对应的关系，在男频类型小说里比比皆是，举不胜举。

男频类型小说以男性幻想意淫世界，以物质化身体、虚构性身体、同构性身体建构一个宏大的权力世界。这个世界是一个想象的空间，它能满足男性尤其社会底层的男性关于成功和获取权力的一切幻想。当凡俗肉胎彷徨不安，处于贫弱可欺的位置，处于这种境地的很多人幻想着反转人生，有机会获得秘密的权力和巨大的力量。男频网络类型小说充溢着获取这种权力和力量的金手指。

三、结语

网络类型小说在消费文化的大潮中，在视觉和图像文化的冲击和裹挟下，精细区分各种类型，以性别文本的形态，满足不同性别人群的身体欲望想象和身体权力表达，形成了一道不同寻常的文学景观，这也是网络类型小说的文化根源和文学特质决定的。但是，网络类型小说的身体叙事，一方面塑造了无数的精致欲望城堡和完美权力世界，创造了不容小觑的商业成绩，形成了庞大的故事消费大潮；另一方面，这种屈从于商业和消费的文本性别特征，也造成了网络类型小说对于现实的疏离和隔膜，对历史和诗意叙事的规避和缺乏，造成了文学性和美学性不够深入的后果。从属于大众文化和娱乐的网络文学，不仅要提供欲望身体和权力身体，更应该在道德身体和灵魂身体上发力，在商业性的基础上，注入文学之魂之力，成就更多的经典作品。

第六章

文本与空间

女性意识的扩张与消费社会的傀儡

——女性网络文学空间的意义和局限

　　网络文学存在一个很明显又很容易被忽视的现象，即网络文学在赛博空间和读者需求的塑形中形成了男频（或男生）和女频（或女生）的基本格局，分别映射和对应男性、女性的文学趣味、需要、心理和欲望。而笔者将女频网络文学文本和男频网络文学文本称为性别文本，在第五章中结合PC端网站、移动端网站和移动端APP共计106家网络文学经营企业的内容分类情况做了详细考察。笔者将女频网络文学的形成和发展称为女性网络文学空间的建立。在很长的历史时期内，"男性统治"在社会上占据绝对优势，布尔迪厄发现男性秩序有着这样的特点："男性秩序的力量体现在它无须为自己辩解这一事实上：男性中心观念被当成中性的东西让大家接受，无须诉诸话语使自己合法化。社会秩序像一架巨大的象征机器一样运转着，它有认可男性统治的趋向，因为它就是建立在男性统治的基础之上的。"[1]这种社会现象在文学领域亦不例外。因此女性网络文学空间的形成和进一步发展具有重要意义，是"她经济"在文学领域形成的消费景观，反映着女性的文学趣味和文学需要，但其中的女性意识既有先锋和探索的一面，又有沦为

---

① 皮埃尔·布尔迪厄：《男性统治》，刘晖译，中国人民大学出版社，2017，第8页。

消费社会傀儡的一面。

一、女性网络文学空间：建立一间房的重要意义

弗吉尼亚·伍尔夫在《一间自己的房间》中以绵密的笔触，写出了19世纪英国女性的生存困境：她们的名下没有任何财产，她们的生活从来由父亲和丈夫来规定，她们被剥夺了受教育的权利，造成了物质上的贫穷和精神上的贫乏，具体体现在"即使到19世纪初，拥有一间自己的房间，且不说一间安静的房间、隔音的房间，就想也不要去想，除非她生于大富大贵人家"[①]。即使生于大富大贵人家又怎样呢？金陵十二钗，哪个不是生于钟鸣鼎食之家，王熙凤不识字，宝钗、黛玉、湘云惊才绝艳，然也只能藏之闺阁，家长本意也不过是"读的是什么书，不过是认得两个字，不是睁眼的瞎子罢了"[②]！《玩偶之家》中的娜拉，对丈夫和家庭失望透顶，走出家庭来到街头，方知她根本无路可走。在这样的社会大环境中，伍尔夫设想莎士比亚有一个妹妹朱迪丝，她和莎士比亚同样有天分。莎士比亚有条件进文法学校，学习拉丁文和逻辑，登台演出，在外闯荡。他可能历经种种失败，也有机会成为一名演员，一个伟大的剧作家；而朱迪丝只能待在家里，能做的事情只能是针线、饮食和嫁人。假设她天资聪颖，迷恋戏剧，渴望演戏，

[①] 弗吉尼亚·伍尔夫：《一间自己的房间》，贾辉丰译，人民文学出版社，2003，第45页。

[②] 曹雪芹著，无名氏续：《红楼梦》，人民文学出版社，2008，第47页。

说出来收获的只能是旁人的讪笑。如果她有写小说的天分，可是她没机会走出家门去深入、仔细观察更加广阔的社会生活和形形色色的人群习性。如果她再不安分一点，不甘于父母安排的婚姻而逃婚，她最好的结局不过是被怜悯她的戏剧老板收留，怀上了戏剧老板的孩子[①]。因此，在只能把女性禁锢在指定空间（家庭等场所），这些空间却没有一间属于她们的房间的社会，只能成就莎士比亚，而莎士比亚的妹妹最多只能收获一个或者几个孩子。如果朱迪丝生了孩子还不安分，一颗诗人的心在她的体内躁动，她只能自杀，"死后葬在某个十字街口"[②]。至此我们可以清晰地了解，朱迪丝的另一个名字是娜拉。易卜生（1828—1906）和伍尔夫（1882—1941）在不同的年代将目光投向英国女性命运，遵照当时的社会境况和现实逻辑，写出了境遇不同而命运相似的娜拉和朱迪丝。

女频网络文学和新文学以来的女性文学有很大的区别。在中国现代文学的源流里，"女性文学"一般指的是女作家创作的文学作品。尤其是五四以来，中国现代女作家追随"科学"和"民主"的大纛，思索女性的自由与解放而登上文坛。冰心、庐隐、冯沅君、凌叔华、白薇、陈衡哲、丁玲、苏雪林等一批女作家崭露头角，这一现象引人注目；女性文学研究也随之而起，20世纪30年代相继出版以"女作家"为中心的研究著作，比如黄英（阿英）著有《现代中国女作家》（上海北新书局1931年版）、草野著有《现代中国女作家》（北平人文

---

① 弗吉尼亚·伍尔夫：《一间自己的房间》，贾辉丰译，人民文学出版社，2003，第40—41页。
② 同上书，第41页。

书店1932年版）、贺玉波著有《中国现代女作家》（上海现代书局1932年版）、黄人影（阿英）编有《当代中国女作家论》（上海光华书局1933年版）。除了女作家群的涌现，也出现了很多反映女性生存和发展状况的现代文学作品，比如最广为人知的《伤逝》。在追求社会整体进步和思想解放的启蒙时代，女性文学作品及反映女性生存和发展状况的文学作品往往聚焦女性生存和发展困境，在社会解放的大思潮中谋求女性解放路径。其中鲁迅的《伤逝》探寻了"娜拉走后怎样"[①]的命题，子君在自由恋爱的旗帜下冲出家庭的藩篱，然而在爱情的冲动和激情褪色后，子君失去唯一的倚仗，只得退回家庭郁郁而终。"人必生活着，爱才有所附丽"[②]，没有广阔社会的支撑，没有女性社会经济地位的后盾，单凭情爱，女性独立和自由终成泡影。以鲁迅为代表的现代文学的启蒙者和先行者，敏锐地感受女性的病与痛，诘问"娜拉走后怎样"，这种深刻至今读来仍然不失其现代意义。稍晚凌叔华的短篇《绣枕》，以"绣枕"为喻，将旧时代女性看上去精致光鲜、实则无用的灵魂明白无误地揭示出来，力透纸背，发人深省。在男性占优势地位的社会，养在深闺或浅闺的女性势必丧失独立的人格，无法参与社会事务而变成男性的附庸。在男性视角的牢笼中，在男权制定的游戏规则中花费毕生精力使自己容貌精致、言谈得体、举止端庄，在内宅这口深井里期待美好婚姻、相敬如宾和孝顺子孙，最终不过沦为父权的一枚祭品与夫权的一份装

---

① 鲁迅：《娜拉走后怎样》，载《鲁迅全集第一卷》，人民文学出版社，2005，第163页。

② 鲁迅：《伤逝》，载《鲁迅全集第二卷》，人民文学出版社，2005，第124页。

　　　　　　　　　　　　网络文学：媒介、文本和叙事

饰。其际遇恰如大小姐的"绣枕",不管怎样使出浑身解数，不管怎么鲜亮精美，还是避免不了被吃醉的客人吐脏、被打牌的人挤掉在地、被人用作脚踏垫子践踏的命运。《绣枕》在崇尚个性自由的五四时代，刻画出了旧式女子无用、无力、无权、无支撑点的灵魂。之所以如此，是因为旧式女子囿于男性视角和权力，只能困守闺阁和内宅，在"父"和"夫"的荫庇和阴影下失去作为一个人的独立和自由，面对被漠视、被践踏的命运，最多只能像大小姐一样"心中一动"罢了。

　　和娜拉们、子君们、大小姐们相比，大部分当代女性能够获得良好的教育和职业，获得了娜拉们、子君们求之不得的经济能力，拥有了弗吉尼亚·伍尔夫所期望的"一间自己的房间"，有能力为自己的物质和精神需求买单。这种为自己的物质和精神需求买单的能力，和文学在新媒介领域的拓展合流，形成了女性网络文学空间。经过约三十年的发展和累积，网络文学形成了为女性读者喜闻乐见的女频类型文学。网络文学为女性开辟其专属的公共空间，安置带有女性特征的文学和流行文化。男女性别之分主要根据生物学上的身体性征区分，男性化特征或女性化特征则主要通过社会建构。女频网络文学的建构通过具有女性特征的文学类型来体现，比如玛丽苏、霸总、穿越、重生、宫斗、宅斗、耽美、二次元等，集合女性生活经验体验，塑造不同的女性理想形象和欲望形象，凸显女性主体和性别意识，体现当代女性的情感观、价值观。从渴望拥有一间自己的房间，到真正拥有一个体现当代女性价值观和凸显女性主体和性别意识的女性文学空间，这一文学现象本身就具有划时代的意义和价值。

二、女性网络文学空间："她经济"文学消费景观

女性文学空间呈现的文学文本从女性视角出发，被女性阅读和消费，以满足女性体验和文学需要为旨归，内容庞大，类型繁杂，主要有以下三种形式：一是女性网络原创网站，比如晋江文学城、潇湘书院、凤鸣轩、红袖添香、起点女生网、九阅小说网、蔷薇书院等。女性网络原创网站在网络文学生产机制中占据重要位置，覆盖大量女性作者和读者，在向周边产业的转化中也取得了不俗的成绩。二是综合性网站的女频栏目，关于各大网站的栏目分类和设置，可参考第五章《网络文学的性别文本和身体叙事》表一，该表格对各大文学网站的栏目分类进行了详细统计。各大网络文学综合性网站基本上都会设置男频和女频。三是耽美（"耽美"一词来源于日文，最早出现于日本近现代文学，早期指沉溺于美的唯美主义风格，后来在日本漫画领域逐渐发展为美少年之间的爱情。当前的耽美小说和文化主要受到后者的影响）亚文化空间。随着日本耽美文化倾向的动画、漫画和同人作品在中国的传播越来越多，耽美趣缘人群在网络论坛、文学网站聚集，其中露西弗是较具代表性的论坛，晋江文学城、长佩文学、书耽、豆腐等是较具代表性的网络文学网站。耽美类型小说受众大多为女性群体，并自称"腐女"。该类型小说受众因小说、漫画、影视及其同人作品而聚集，形成了看似松散实则粉丝黏性非常高的亚文化趣缘群体。

女性网络文学空间具有以下两个特征和倾向：其一，网络文学网站容量大，发表门槛低，数量庞大，类型众多，泥沙俱下，迎合女性读者的口味；其二，网络文学不断向影视、动

漫、有声书、综艺、游戏等各类文艺形式转化和拓展，影视、动漫、综艺、游戏等各类文艺形式也不断对网络文学产生越来越重要的影响。在网络文学全产业链的不断完善和拓展中，各个方面不断融合、相互影响，形成了错综复杂的局势。女性向网络文学在这个拓展趋势中形成了更加庞大、内容驳杂、思想倾向多元的文学空间。

女性网络文学空间的形成、发展和壮大与"她经济"息息相关。"她经济"已经成为商品和服务领域的重要支柱，身体消费是"她经济"的重要内容。据《中国女性消费行业发展现状分析与投资前景研究报告（2022—2029）》①，女性体量庞大（2019年—2020年，中国女性人口分别达6.85亿、6.87亿，分别占世界女性人口的18%、17.86%）、经济独立（在已婚女性中，38%的已婚女性与配偶收入相当，14.4%的已婚女性收入比配偶多）、自我意识觉醒（近半数女性的个人消费占家庭收入的三分之一以上）等背景下，2019年、2020年"她经济"市场规模分别达到4.5万亿元、4.8万亿元，2025年将奔向10万亿元。女性消费主要集中在美妆个护、服饰鞋帽、医美、塑身等细分市场，也在汽车消费、洋酒消费等传统消费领域表现不俗。当代女性的消费能力不容置疑，但当代女性能通过"买买买"实现女性意识的觉醒和独立人格的建构吗？

美拉尼西亚土著人对在天上飞行运送物资的飞机抱有神奇的信仰。为了得到飞机，他们用树枝和藤条建造了一架模拟飞

---

① 报告来自观研报告网，https://www.sohu.com/a/531714667_121222943，发表日期2022年3月22日，查询日期2022年9月28日。

机，期望借此能够等来真飞机的着陆。鲍德里亚借助这个故事揭示了消费社会的寓言，即现代人对消费也抱有神奇的信仰，他们以为消费就是获取幸福的途径和建构完美形象的目的。①广告、直播、电商总是诱导女性从一个商品走向另一个商品，将商品化为一个又一个的欲望，使女性沉湎于商品带来的满足感。女性在美妆个护、服饰鞋帽、医美、塑身等方面的消费中完成对自我形象的建构和追求。也可以说，美妆个护、服饰鞋帽、医美、塑身等细分市场提供的商品和服务满足着女性消费者关于颜值、身材、形象、品位等身体消费需求。身体消费成为很多女性消费者的神奇信仰，在商家宣传中，整形医美、塑身美甲、个护美妆、服饰鞋帽等不仅仅是商品和服务，还是美丽和幸福的代名词，拥有了这些商品和服务，就等于拥有了美丽和幸福本身。

女性网络文学空间聚集着数以亿计的女性网络作家和读者，在商业、消费和产业的推动下，在网络媒介快速的普及下，女性网络文学空间能够快速反映当代女性的情感、欲望、权力、趣味等需求，在很大程度上承载并折射着当代女性的精神面貌、思想状态、社会地位和人格独立状况。不管女性文学空间怎样错综复杂，要吸引、聚集女性读者，必须迎合其口味，满足其情感体验，吸引其消费。女性物质消费和网络文学、影视、音乐等大众文化与文学消费共同构成了"她经济"消费景观。

---

① 让·鲍德里亚：《消费社会》，刘成富、全志钢译，南京大学出版社，2014，第8页。

　　　　　　网络文学：媒介、文本和叙事

那么，庞大繁杂的女性网络文学空间是消费主义的陷阱还是女性经济独立、社会地位提升的标志？女性独立尤其是思想意识的独立能够通过消费实现吗？很多当代女性尤其是一线城市的当代女性已经拥有了经济独立或拥有了经济独立的条件，获得了朱迪丝能够成为莎士比亚的机会，拥有了娜拉、子君、大小姐出走家庭或逃离深闺的底气，但是深入考察女性网络文学空间就会发现，恰如鲁迅所见，经济独立之后不见得就摆脱了傀儡的命运，女性网络文学看与被看互见、傀儡和先锋杂陈。

三、女性网络文学空间类型叙事：消费社会的"傀儡"与女性意识扩张的偏向

在历史的长河中，女性一直被笼罩在男性的审视和目光之下，长期处于被看的位置。而女性网络文学空间为女性读者提供了一个基点，在这里她可以看，看自己或者看世界。考察女性网络文学空间类型叙事，剖析蕴含于其类型叙事中的女性意识，就会发现，占据主流的类型叙事所反映的当代女性意识呈现出斑驳和混杂的复杂状态。一方面，女性网络文学类型叙事为女性读者提供了看自己和世界的机遇，但客观上也造成了女性过度自我凝视的危险，陷入了自恋的深渊，甚至成为消费社会的傀儡；另一方面，女性网络文学类型叙事仍然无法完全摆脱男权的凝视，自动将女性置于被看的叙事圈套而无法自拔，退缩在后宫内宅等男权为女性划定的场域里自娱自乐。女性网络文学空间是体察当代女性意识和价值观的一个窗口，具有重

要的现实意义。

（一）以身体叙事为基点看女性网络文学空间反映的女性文学趣味和文学需要

身体从来没有如此煊赫过，直到消费社会的到来。对于女性，率先被解放的是身体，解放的途径是消费，"她经济"就是一个最重要的证明。充溢在女性网络文学空间的文学趣味和文学需要绝不可能和身体叙事脱离关系。关于中国网络文学的性别文本和身体叙事，笔者在第五章中已详细论述过，在此不再赘述。

最能体现女性网络文学空间的文学趣味和文学需要的，是女频网络文学的类型叙事和叙事套路。灰姑娘、玛丽苏曾经在女频网络文学和影视作品中风行一时。一个平凡无奇的女孩，历经种种奇遇，最终遇到王子或成为最好的自己。拯救灰姑娘的是一个上流社会的男人，玛丽苏是一个蜕变过程，完成这个蜕变的也是一个或几个上流社会的男子，而所有这一切都是在爱情的名义下进行的。网络文学曾经乐此不疲地重演灰姑娘和玛丽苏的童话。被称为言情天后的匪我思存一直践行着这些套路，《佳期如梦》系列就是典型代表。以晋江文学清穿三座大山《梦回大清》（金子）、《步步惊心》（桐华）、《瑶华》（晚晴风景）为代表的穿越题材同样践行着同类童话。现代平凡女性穿越到古代，在历史中搅动风云，获得了诸皇子的青睐，而她一心只向爱情。霸总文是女频网络文学的重要类型，"霸道总裁爱上我"是其惯用叙事套路。叶非夜的霸总文作品深谙"霸道总裁爱上我"的叙事套路：女主角不管是美丽还是平凡，不管是从事什么职业、性格、家世，自从遇到了金光闪闪的霸道总裁，便找到了事业和爱情的钥匙。灰姑娘、玛丽苏、穿越、霸总等叙事类型、叙事套路所体现的女性需要，是爱情，是拥有权势、财富、地位的男性所给予的爱情。那么，平凡的女主角是凭借什么得到、怎么得到这样的爱情的呢？《千山暮雪》中的童雪，其父母因车祸双亡，借住在舅父家。她无父母依靠，将舅父舅母当作父母一样对待，却遭到舅父舅母出卖，在莫绍谦处忍受折磨。她身世悲惨，身无长物，甚至算不上漂亮，这种人物设定彻底摒弃了除却身体之外的一切外在条件，因此童雪本人或者说童雪的身体便是她和莫绍谦的爱情基础。《何以笙箫默》中的赵默笙、《寻找爱情的邹小姐》中的邹小姐、《沥川往事》中的谢小秋等大都如此设定。最近几年大热的大女主文（《甄嬛传》《芈月传》等）、马甲文（《夫人你马甲又掉了》等），一反灰姑娘、玛丽苏等人设的孱弱和无力，塑造了甄嬛、芈月、秦苒等女强人和天才少女人物形象，可实际上女强人的成长过程是更加华丽的玛丽苏，天才少女只不过是省略了玛丽苏的成长过程，以更加露骨的"打脸"情节推动剧情，而天才少女每掉一次马甲，皆因被陷害、被嫉妒、被争风吃醋，而暴露出来的每一个身份，都使她距离更加优秀的男主角更进一步。多宝文在女主角身体的基础上增加了一个或者几个孩子，为女主角获取爱情增加了更多砝码，于是孩子便成了女主角获得爱情的傀儡。大女主文、马甲文、多宝文等新类型看似出现了新的叙事，实则还是深陷身体叙事和身体逻辑之中。

和"她经济"主导的身体消费一样，女性网络文学空间也主要由身体消费支撑，遵循着身体叙事和身体逻辑。身体不管在商品经济中还是在女性网络文学空间中都得到了解放，身体的力量得到了最大限度的释放，但这是一种真正的解放和一种真正的力量吗？"它就像灵魂在其自己的时代中那样，变成了客观化的特权化支柱消费伦理的指导性神话。可见身体是如何作为（经济）支柱、作为个体的指导性（心理）一体化原则、和作为社会控制的（政治）策略而紧密地渗透于生产目的之中的。"①将本属于女性的身体当作解放的对象，借助时尚、广告、消费将身体形成一套准则、一个符号、一个虚拟偶像、一个神话，放置到大众消费领域，供女性消费、崇拜和信仰。这就是身体消费在商品经济和女性网络文学空间中的真相。可是我们不得不承认，在女性网络文学空间，一个主要由女性作者和女性读者组成的女性群体，竟然也自觉践行身体叙事和身体消费。这是社会规训的结果。"在经济方面得到自由，就不是傀儡了吗？也还是傀儡。无非被人所牵的事可以减少，而自己能牵的傀儡可以增多罢了。因为在现在这个社会里，不但女人常做男人的傀儡，就是男人和男人、女人和女人，也相互地做傀儡。"②不得不承认，在经济方面得到自由的现代女性，做了"她经济"的傀儡。而以灰姑娘、玛丽苏、穿越、霸总文、大女主文、马甲文、多宝文等以身体叙事为基点的类型和套路，所塑造的女性主体，不过是消费社会的傀儡。对于获得经

① 让·鲍德里亚：《消费社会》，刘成富、全志钢译，南京大学出版社，2000，第148页。
② 鲁迅：《娜拉走后怎样》，载《鲁迅全集第一卷》，人民文学出版社，2005，第170页。

济自由的当代女性而言，被人所牵的事的确在减少，可距离找到真正自由、独立自主的女性主体，还任重道远。

（二）女性网络文学空间类型叙事女性意识的扩张和先锋探索的偏向

较早介入网络的先锋作家陈村认为，"我以为先锋的东西，在网络空间并没有出现……我觉得文学创作上总是会有一些不安分的人，这些人就可以去试一试。但是后来发现，在网络环境中这是不被鼓励的。在我的私人环境中，这个可以写出来给朋友看，可能还会受到一点鼓励。网络上东西更迭太快了，很快被淹没"[①]。事实上，陈村的"小众菜园"论坛本身就是文学艺术在网络上的实验，其对论坛会员的严格"限流"和"小众"姿态与网络文学的商业化大流形成了对照，这本身就具有一定的先锋性。和网络小说的大举商业化和类型化相比，网络诗歌一直保持着先锋性的探索和实践。贺麦晓的《中国网络文学》详细介绍了中国网络诗歌的先锋探索：中国台湾学者、网络作家李顺兴将吉姆·安楚斯的电子互动趣味诗歌"Meaning"翻译成中文《谜》，其诗歌文本和意义均要读者通过操作相应的按钮获得，互动性和趣味性可见一斑，这是充分利用了计算机编程的诗歌技术型试验[②]。姚大钧则利用新媒介充分发掘视觉性的意义，在1997年2月建立网页发表前卫诗

[①] 邵燕君、肖映萱主编《创始者说：网路文学网站创始人访谈录》，北京大学出版社，2020，第28页。

[②] Hockx Michel, *Internet literature in China*（New York: Columbia University, 2015），172.

歌，后来对中国古代诗歌的视觉性进行了尝试呈现①。而"下半身诗歌"一度引发轰动，成为极具争议性的网络旋涡。

　　女性网络文学也进行了引人注目的文体实验和实践探索。1996年1月，花招公司创办《花招》海外女性网络文学月刊，以特立独行的姿态，彰显女性立场，追求文字实验、文字游戏、文字堆砌的极限，体现现代汉语的限度和优美。花招网站设有杂志系列、生活系列、文化系列、专栏系列、女作家文库和花招论坛，显示了其建立女性文学、生活和文化社区的愿景。1999年12月创立的露西弗俱乐部是中国大陆最早的耽美论坛，露西弗俱乐部的先锋之处在于将"女性向"排在"文学性"之前，专注于女性向原创作品（主要是耽美作品），以取悦女性为中心任务。露西弗俱乐部的小众、答题注册制、女性向论坛导向实际上为女性提供了一个秘密房间，并且挂出了"闲人勿扰"的牌子。这种实践本身带有高昂的先锋性质和张扬的女性意识。随着网络文学商业化大潮的临近和不可避免，陈村、李顺兴、姚大钧等个人性的网络文学实践和实验都被恒河沙数的长篇类型小说湮没，甚至被遗忘；小众菜园、露西弗俱乐部等坚持小众立场的论坛也在浩如烟海般的网络站点中鲜为人知。先锋终究是少数人的实践和探索，但他们毕竟实践过、探索过、先锋过。

　　较之其他女频类型网络文学，耽美和女尊最能体现当代女性意识在文学中的扩张。女尊建构一个个"女儿国"，将男性

---

① Hockx Michel, *Internet literature in China*（New York：Columbia University，2015），179.

角色隔离在权力之外，使之沦为需要女性拯救或无足轻重的配角，女性坐在绝对权力的宝座上俯视男性角色，支配男性角色；耽美和女尊的攻城掠地不同，反而塑造了一个个"大观园"，观赏、凝视"大观园"中男性角色的表演和故事。这种观赏、凝视，和现实社会中的世界小姐选美大赛、维密时尚秀充溢的男性眼光和评判标准相似。不过现实中男性掌握着评判标准，男性在观看"女色"；而耽美中女性掌握着评判标准，女性反客为主观看"男色"，以女性眼光观察、欣赏甚至偏激地玩弄男色，掌握"凝视"的权力，以此达到愉悦女性的目的。女尊类型叙事刻意在虚拟空间中轻视男权，耽美类型叙事以观赏的姿态达到反观的目的，但是这两种类型叙事显然并没有找到女性主体和女性意识确立的途径。女性主体的确立并不需要取消独立的男性主体，女性意识的张扬并不需要侵占他者的地盘。实现了经济独立的当代女性，确立女性主体、张扬女性意识的途径并不是牵制更多的傀儡，而是避免自己成为身体消费的傀儡，避免踏入自我凝视的深渊。女尊、耽美类型叙事的先锋和扩张已经偏离了女性寻找真正自由、独立的航向。

结语

随着互联网而发生发展的网络文学，在传统出版的印刷媒介之外开拓出了新天地。但是"任何媒介的'内容'都是另一种媒介。文字的内容是言语，正如文字是印刷的内容，印刷又是电报的内容一样"①。网络文学诞生于互联网这一新媒介，但是其主体内容是通俗文学和大众文化。先锋的形式盛装着文学的"旧酒"，正是内容规定了它的选择，网络文学以庞大的作品容量和想象力满足不同读者群体的阅读体验和文学需求，资本促进其产业化发展，同时也制约了其发展高度。新媒介带给了女性网络文学空间新的特质，在当代文学中自成一个世界，发现女性世界，关注女性成长，精准定位当代女性的欲望和诉求。这是令人欣喜的一面。

"她经济"支撑了女性网络文学、综艺和影视的繁荣，近年来"独立女性"被频频讨论，女性意识频频出圈。在一线城市和网络场域中，女性年龄、女性职业困境、家庭主妇、女性意识等一再被强调，随着视听节目的繁荣一再成为热点，甚至达到偏激的程度。在性别议题成为社会热点话题的时候，我们也不得不注意另一股潜流：在以女性消费群体为受众的综艺和影视频频出圈、热闹繁盛的表象下，关于女性被侮辱、被歧视的社会新闻一再进入人们的视野。当热播剧《三十而已》里的全能妈妈顾佳家里家外一把抓，为孩子能够进入优质幼儿园不惜伏低做小，也能为受欺负的儿子大打出手，为丈夫事业能伸能屈，为顺利销售茶叶到处奔波；在这样的全能妈妈上热搜引发关注的时候，网红拉姆在家中直播的时候，被前夫用汽油焚烧，重度烧伤不治身亡。当《乘风破浪的姐姐》热播，姐姐们载歌载舞引发关注而再度翻红时，56岁的苏敏开启自驾游，企图通过自驾游和自媒体，拯救在不幸婚姻中沦为免费保姆的自

---

① 马歇尔·麦克卢汉：《理解媒介：论人的延伸》，何道宽译，译林出版社，2011，第18页。

　　　　　　网络文学：媒介、文本和叙事

己，寻找心之向往的生活和真正活过的自己。当现实依然触目惊心，刻意塑造的女性主体和女性形象便失去了力量。女性网络文学空间为女性提供了一个新的坐标和基点，可惜其中的女性主体仍然在爱情的城堡里徘徊流连、喃喃低语，在身体消费的镜子前自我凝视、徘徊不前，甘愿做消费社会的傀儡而不自知。其中映射的女性意识要么在作茧自缚，要么在依附强权，要么在偏激的航行上自娱。建立女性网络文学空间只是一个开始，建构独立、有力的女性主体还任重道远。

第七章

叙事与拓展

网络文学IP改编的叙事再生产和消费

网络文学自20世纪90年代初期发展至今，从星星之火到如今的燎原之势，历经三十余年，可分为三个发展阶段：1991—2002年是网络文学发展早期，随着早期互联网的发展而兴起，依托电子期刊、电子邮件列表、新闻组、论坛等网络媒体在网上连载，写作相对自由，网络作家依靠在线上积累人气，在线下出版书籍获利；2003—2012年，2003年起起点中文网VIP收费模式全面应用，网络文学收费阅读渐成大势，PC端阅读转向移动端阅读；2013年至今，移动流量红利耗尽，大资本入局，全面进入泛娱乐全产业链时代，IP成为关键词，网文出海渐成规模。回顾网络文学发展历程，2014—2015年是非常重要的年份。这两年资本在网络文学场域频繁操作，纷纷以收购、控股、整合的方式布局，以IP为中心和突破口，致力于在网络文学泛娱乐全产业链中抢得先机。其中最引人注目的是腾讯、百度和阿里巴巴三家互联网巨头，将网络文学、影视、游戏、动漫、有声书、出版等环节打通，翘首等待时机；完美世界集团实现了对百度文学的控股，强势将网络文学和游戏联合；中文在线、阅文、掌阅三家公司成功上市，多家网络文学网站获得投资；咪咕阅读、天翼阅读和沃阅读持续发力，中国移动、电信和联通打造移动端阅读平台。资本具有高度敏锐的嗅觉，之所以在网络文学场域集结，是因为嗅到了市场和利润的微妙气味。随着《致我们终将逝去的青春》《何以笙箫默》《鬼吹灯》《花千骨》等现象级影视剧获得成功，网络文学IP在2014—2015年被炒得很热，"据中金公司估算，网文付费和IP运营有望在远期合计达到500亿市场空间，而根据国信证券预测，至2020年网络文学版权改编（包括手游＋页游、电视剧、网播剧和电影）市场将达到21亿至85亿元。"[①]2019年8月12日，阅文集团公布2019年上半年的业绩，其2019年上半年总收入为29.7亿元，其中版权运营收入达12.2亿元，同比增长280.3%，占其总收入的近四成。从占据网络文学半壁江山的阅文集团的版权运营情况就可以窥见版权运营已经在网络文学全产业链中的重要位置。影视改编在网络文学全产业链中占据重要位置，自然也在网络文学IP热中占据重要位置。本章将重点考察在资本入局、IP大热的形式下，网络小说影视改编的意义和影响。

一、IP热中的网络文学：从商业性到产业化

自从网络文学结束早期的自由创作，从散兵游勇状态进入VIP收费模式以来，网络文学的商业性表露无遗，成为网络文学最重要的特征，而IP时代大资本的介入则使网络文学全面产业化，由商业性发酵升级为产业化。网络作家猫腻在接受北京

---

① 《网络文学发展进入泛娱乐阶段 挖掘IP价值成重点》，https://www.qianzhan.com/analyst/detail/220/180802-d3b14887.html，发表时间2018年8月2日，访问时间2019年7月25日。

大学中文系教授邵燕君的采访时说过："我感受最深的就是VIP订阅制度。这是立身之本和根基，是这个行业能够生存并发展到今天的根本原因……VIP电子订阅直接让网络小说创作向长篇发展，定位也更加清晰：你就是商业化的东西。"[①]IP让网络文学的商业性得到了更加淋漓尽致的发挥和展现，使其成为一座更富商业性的金矿。大量资本的注入，使得网络文学全产业链得以完成和细化，以更加庞大的产业力量，介入泛娱乐文化市场，成为娱乐工业和流行文化的重要来源之一。IP即知识产权（Intellectual Property）两个英文单词首字母的缩写，但是网络文学IP不仅仅是知识产权这么简单。网络文学向影视、游戏等行业的转化早在2000年就已经开始了。当时痞子蔡的《第一次的亲密接触》被改编为同名电影，反响平平；于2004年被改编为同名电视剧，亦未激起火花。2001年由关锦鹏导演的《蓝宇》（改编自筱禾所著《北京故事》，该影片未在大陆放映）获得第38届"台湾电影金马奖"最佳导演、最佳男主角、最佳剪辑、最佳剧本、观众票选最佳影片奖五项大奖及法国费索尔亚洲影展金环奖，不过叫好不叫座。直到2010年，改编自网络小说《山楂树之恋》（作者艾米）由张艺谋导演的同名电影取得1.6亿票房，刷新了文艺片票房的纪录。到了2013年之后网络文学进入一个新时期，奠定这个时期的基石是网络文学读者社区的形成。在网络文学场域内，读者根据网络文学文本类型和自身阅读喜好，以用户的形式在互

---

① 猫腻、邵燕君：《以"爽文"写"情怀"：专访著名网络文学作家猫腻》，《南方文坛》2015年第5期。

联网上聚集，形成一个用户群和社会联合体，在互联网上占据一定的空间，在这里实现个体（读者）身份认同。网络文学经过二十余年的发展和壮大，逐渐积累粉丝和用户，一些高人气的网络小说经过互联网的传播，粉丝越来越多，形成了一个庞大的用户群，点击量就是这个用户群留下的痕迹。用户群是网络文学IP形成的基础，也是吸引资本的最直接原因。对泛娱乐市场来说，"IP实质就是经过市场验证的用户的情感承载，或者是说在创意产业里面，经过市场验证的用户需求。'用户情感共鸣'是这个概念里的核心元素，它不仅仅是一种符号，而是知识产权和创意产业里面代表的情感"[①]。具体来说，火热的网络文学IP建立在用户群的情感之上，即"有钱"因为"有爱"[②]。2003年以来，对整个网络文学场域来讲，资本有着举足轻重的影响，此后每一次网络文学的变革和发展，都和资本息息相关。甚至可以说，不了解资本和网络文学的关系，就不能理解网络文学的商业性、产业化等基本特征。资本是敏锐的，同时也是粗暴的，当粗暴的资本更多涌向网络文学场域，影视改编对网络文学叙事将会有怎样的意义和影响？网络文学对影视等行业又有着怎样的反作用？

---

① 程武、李清：《IP热潮的背后与泛娱乐思维下的未来电影》，《当代电影》2015年第9期。
② "有钱"和"有爱"的提法见邵燕君：《"媒介融合"时代的"孵化器"：多重博弈下中国网络文学的新位置和新使命》，《当代作家评论》2016年第2期。

网络文学：媒介、文本和叙事

二、网络文学叙事的再生产

事实上，文学改编从来都不是新鲜事，影视相对于文学，是一门太年轻的艺术。在电影诞生的第七个年头，即1902年，改编自小说《从地球到月球》（凡尔纳）和《第一个到达月球上的人》（威尔斯）的科幻影片《月球旅行记》上映。文学为电影提供了丰富的滋养，电影也为文学提供了借鉴。但在互联网时代，网络文学IP具有与传统文学影视化不一样的特征，网络文学是在"互联网＋"的大环境下，是在其自身商业性诉求的基础上发展起来的。以往的文学经典影视化，当时的文学是高于影视的，主要是因为电影是一门年轻的艺术，古老而厚重的文学给电影带来了有历史的故事、内涵及意蕴。网络小说对电影而言，是一门相对年轻和稚嫩的文学形式，尽管文学这一形式很古老。在现在的网络文学IP市场，可以很清楚地看出网络文学在全产业链中处于弱势，即便拥有用户社区群，自带流量，然而仍然抵不过明星流量，在影视面前，网络文学看到的更多是机遇和利益。网络文学的影视化越来越普遍，截止到2017年，中国网络文学作品改编电影累计1195部，改编电视剧累计1232部[①]。网络文学已经成为影视、动漫和游戏等IP的重要来源，为影视、游戏、动漫、出版等周边行业提供了源头活水。

（一）再生产：网络文学在影视化中的故事增值

在网络文学产业化的进程中，网络作家（生产者）、网络

---

① 《数说中国网络文学20年》，《新阅读》2018年第10期。

小说（产品）和粉丝（接受者）都介入了产业化的进程，我们在上一节已经提及，粉丝社区的形成和壮大是网络文学产业化中的第一批隐形消费者，他们也是网络文学虚构和故事的第一批买单者。由于他们的买单，一方面促使网络文学走上了一条商业化继而产业化的道路；另一方面网络文学的商业化和产业化让虚拟和故事走进更加庞大的人群，促使网络文学的故事和虚构最大限度地增值。网络文学诞生于网络虚拟社会的基础上，《第一次的亲密接触》（蔡智恒）是公认的第一部有影响力的网络言情小说，不仅在网络上首发传播，而且写的是带有20世纪90年代新鲜感和猎奇感的网络恋爱，即一个发生在网络虚拟空间的故事。诞生于虚拟空间的网络小说，除了自由性、商业性和娱乐性，还具有反应网络虚拟空间的虚拟性，这也是网络小说一直被诟病远离现实生活，甚至胡编乱造的主要原因。根据东浩纪的判断，在日本随着社会环境的变化和大叙事的消退，从纯文学中发展分化出"轻小说"，这意味着"自然主义性质的写实主义"的衰退和"漫画·动画性的写实主义"的崛起，是"在后现代世界所创造出来之各式各样的人工环境的写实主义之中，在日本这个场域所独特蓬勃发展的一种形态"①。日本的轻小说以廉价的文库本形式出版发行，以十几岁的初中生、高中生为主要读者，这种娱乐性轻小说诞生的主要原因是日本"御宅族"的兴起和漫画、动漫流行所形成的虚拟空间。日本的轻小说文库虽然还是走传统的出版路径，

---

① 东浩纪：《游戏性写实主义的诞生：动物化的后现代2》，黄锦荣译，唐山出版社，2015，第62页。

但是其文学形态、类型、接受人群、叙事特征等都和中国网络文学形成类比和对照。中国网络文学随着网络（PC端和移动端）的发展而蓬勃壮大，这是中国特殊的社会环境所致。不管是网络还是出版媒介，日本轻小说文库和网络文学的社会文化背景都是虚拟空间的形成，在日本表现为漫画、动漫等的广泛传播和接受所形成的二次元虚拟空间；在中国则表现为由于网络的广泛使用所形成的网络虚拟空间，而当今数字技术的发展，比如网络购物、网络社交（社交软件的普及）、VR（Virtual Reality）等虚拟现实仿真技术、数字人民币概念的普及和推进，使得整个社会的大环境有了虚拟特性，又在根本上呼应着网络虚拟空间。也可以这么说，网络文学虚拟性的根源在于社会大环境虚拟性的确立。"拟象从不掩盖真理，倒是真理掩盖没有真理的地方。拟象是真。"（《圣经·传道书》）根据让·鲍德里亚于20世纪80年代的判断，拟象和仿真的东西因为大规模地类型化而取代了真实和原初的东西，世界因而变得拟象化了。这既是一种失真，也是一种真实，失真是相对于世界原初的样子，而真实则是因为拟象就是现在世界的样子。因此，东浩纪说日本轻小说文库是基于"漫画·动画性的写实主义"，漫画、动画形象和角色对于御宅族而言就是真实，而虚拟网络社区对于广大网民来说也是真实，他们确实在虚拟空间中恋爱、交友、交流、购物、阅读和娱乐，网络陪伴人们成长，VR（虚拟现实）和AR（增强现实）技术的发展进一步增强了这种失真环境的真实感。网络文学从根底上说也是一种虚拟现实主义，既是网络媒介在文学上的应用，也是对虚拟社会大环境的反映。网络小说IP火爆大小荧屏，则使虚拟现实进一步强化，使网络文学受众进一步扩大，使网络文学中蕴含的文化和精神走进更多大众。网络小说《魔道祖师》的影视化，实现了从虚拟现实到强化虚拟现实的转变和效果。改编自《魔道祖师》的电视剧《陈情令》（2019年6月27日首播）豆瓣评分8.2分，参与评分人数高达64.2万余人[①]，不管是分数和人数都十分惊人，更惊人的是《陈情令》中所蕴含的网络文学背后的亚文化内涵。《魔道祖师》是一个纯爱小说文本，讲述的是魏无羡和蓝忘机两个人的男男恋爱。Boy's Love 在网络文学中属于女频纯爱（耽美）类型。纯爱类型网文的读者大多是女性，自称"腐女"。纯爱亚文化社群在网文中是一个十分松散的存在。《魔道祖师》作为一个纯爱文本，相当于一个小型纯爱社区，而随着《陈情令》的播出，虽然电视剧在感情线上做了欲盖弥彰的改编，还是引发了"腐女"们的狂欢及更多观众的围观。这个原本就很松散的仅仅以阅读口味聚集在一起的社群一下子多了更松散的围观群体，使得原本小众的纯爱类型一下子变得十分庞大。2018年7月9日，动画《魔道祖师·前尘篇》播出。2019年8月3日，动画《魔道祖师·羡云篇》播出。动画版《魔道祖师》撬动了二次元及泛二次元世界，由小说到动画和影视，是网络小说《魔道祖师》的二次创作过程，也是耽美文化及耽美叙事类型泛化的过程，其中以动画、漫画、游戏和小说为中心的虚拟世界被二次元世界以文化认同的方式接受，以影视为中心的接受者和围观者加剧

---

① 数据来源于豆瓣网站上"陈情令"条目，https://movie.douban.com/subject/2719 5020/，访问日期：2019年10月7日。

了这种接受和传播。改编自同名网络小说的电视剧《延禧攻略》在从小说到电视剧的改编中，保留了原著小说的叙事套路"打脸"。"打脸"本意是指演员按照脸谱勾脸，网络小说中的"打脸"通常指被否定者（通常是主角）通过努力改变现状从而给否定者一个有力的回击，是网络小说主角成长中通常要用到的套路叙事。电视剧《延禧攻略》的女主角魏璎珞的每一次胜利和成长，剧情基本上都是先抑后扬，将网文"打脸"套路应用到极致，形成了魏璎珞"有仇必报"的鲜明性格特征。这种叙事套路和人物性格成为该剧的亮点和观众的观剧爽点。"打脸"叙事套路在电视剧上的应用取得了成功，说明网络小说的叙事和风格经过电视大众媒介的传播，获得了更广泛的接受。从2002年开始创作的"九州"系列小说在网文界享有盛誉。以江南的《九州缥缈录》，今何在的《羽传说》《九州·海上牧云记》，潘海天的《铁浮屠》，斩鞍的《旅人》系列，唐缺的《星痕》《无尽长门》等为代表的四十余部小说建构了一个"九大州六大种族"的东方奇幻世界。电视剧《九州·海上牧云记》（2017年11月首播）、电视剧《九州缥缈录》（2019年7月首播）、网剧《九州天空城》（2016年7月首播）和电影《鲛珠传》（2017年8月）等九州小说的改编影视相继播出，在网络小说的基础上，使九州世界的故事设定和虚拟人设由玄幻奇幻类型网络小说的读者圈扩展到观影人群，扩大了九州故事的影响力。

　　直言之，网络文学诞生和爆发的社会环境是网络虚拟社会现实，所采用的基本创作方法是虚拟和虚构，即对虚拟空间和想象空间的描绘。而以IP为中心的网络文学影视化则通过二次创作（改编）将虚拟空间以影像的方式变现，一方面将网络小说中蕴含的虚拟社会现实和亚文化泛化，另一方面将网络文学的叙事方法和风格向光影渗透，相互影响。在这个过程中，网络小说文本的版权价值、网络作家的明星效应及网络文学的产业价值得到了整体提升；网络小说的虚拟和虚构在传播的过程中被消费，网络小说故事得到增值，网络虚拟空间及故事将影响到更广泛的人群，这是网络小说影视化对网络文学最重大的影响。

（二）再生产丰富了网络小说形态与网络作家职业选择

一些网络大神作家领资本风气之先，率先在VIP订阅收入的基础上，大幅度增加了版权收入。以多次蝉联网络作家富豪榜之首的唐家三少为例，其版权收入占到其总收入的十分之九。以唐家三少为代表的头部"大神作家"，收入比例基本如此，版权收入主要来源于书籍出版（中国台湾繁体和大陆简体）、游戏改编、动漫改编、影视改编等。经过多种版权的转换和改编，头部网络作家的年收入达百万以上甚至千万。经业内人士证实，《魔道祖师》的版权卖到了五千万的天价。在网络文学IP时代，网络作家成为"多版权实践者"，也是多版权实践的受益者，网络文学运营平台也开始了网络作家明星制运营。大神作家进入"明星式"品牌化运营进程，以直播平台、社交网络、传统媒体等方式营销，多途径和粉丝用户增强联系，增加粉丝黏度，提升粉丝关注度和支持度，建立更加庞大的粉丝社群，为全版权运营打造坚实基础。2017年3月，网络文学作家血红全国巡回见面会开启，这既是血红新书的宣传活动，也是阅文集团的首场粉丝活动，更是网络文学经营平台将网络作家明星化的一个标志性操作。随着一部分头部作家的明星化，网络作家群体收入结构越来越成为一座金字塔，处在塔尖的作家名利双收，越来越像一个明星。更能说明问题的是，2016年4月，阅文集团成立下属公司武汉唯道科技有限公司，专事网络文学作家经纪，全力打造旗下猫腻、血红、唐家三少等网络作家。在网络小说影视化的过程中，网络小说的形态悄然发生了变化。在VIP收费订阅制度下，为了保证订阅收益，网络小说篇幅越来越长，动辄数百万甚至千万。而在网络小说IP，在订阅收益的基础上，出现了影视向网络小说，字数在15万至40万，主要面向影视改编和出版，企图在庞大的IP利益格局中分一杯羹。这固然是利益的驱使，同时客观上也调整了网络小说的形态，在客观上减缓了超长篇类型小说的集中趋势，这对丰富网络小说生态是有益的。一部分网络作家选择缩短网络小说篇幅，另一部分网络作家选择跨界做编剧。事实上，在网络小说影视化的过程中，编剧中可以看到很多原著作者的身影。比如六六、阿耐、月关、猫腻、顾漫、施定柔、桐华、胭脂、墨宝非宝、匪我思存等网络作家都参与了自己作品的改编；也有一部分网络作家在网文和编剧之间两栖，比如月关、桐华、六六等。网络作家在影视化进程中成为明星、编剧，在网络文学的发展变化中弄潮。

网络文学IP时代也是大神网络作家的高光时刻，然而有亮光的地方必有阴影，处于金字塔底部90%以上的网络作家，只能沦为网络文学行业的"炮灰"。寥寥无几的"大神"占据了网络文学行业绝大部分的资源，而占据主体的"炮灰"收入无多，网络作家之间收入贫富悬殊，两极分化越来越明显。这种状态对网络文学生态显然有害无益，白烨说出了研究者的担忧："支撑网络文学这个最有成长性的文学产业根本的东西当然有文学性，但资本性越来越强大，对文学网站来说，盈利往往比文学、比美学更重要，这是我所担心的。"[①]对于IP时代的资本来说，网络文学就是一只养了很久的母鸡，从羸弱雏鸡到丰产期，二十余年产了很多蛋，培养了四亿多读者、几百万的作者，IP时代即享受丰收的时候，所以很多资本纷纷伸出手来寻找鸡蛋，期望能孵出一窝鸡仔。诞生于互联网之中的网络文学，其发展壮大和资本息息相关。但作为以文学为内容的网络文学产业，始终离不开文学和美学的评判标准。网络文学能不能生产更多的蛋，不是取决于资本，而是取决于生产者（网络作家）。网络文学二十余年的用户积累，粉丝变为用户，用户形成社区，社区成为用户的感情依托，如果这个生态被破坏，那么IP转化将成为无源之水。

三、再消费：网络小说影视化对影视场域的影响

（一）网络文学为影视动漫提供了新的题材和类型，拓展了当代影视的叙事和类型

网络文学继承并发展了通俗文学和类型文学，在武侠和言

---

① 《资本推手，助力繁荣还是制造泡沫》，《中国艺术报》2014年9月5日。

情的基础上，出现了根据性别区分的男频小说和女频小说，男频小说在武侠小说的基础上，分化出玄幻、奇幻、武侠、仙侠、历史、军事、都市、修真、灵异、恐怖、网游、穿越、同人、二次元等类型；女频小说在言情小说的基础上，分化出古代、现代、穿越、宫斗、宅斗、纯爱、百合、种田等类型。这些类型不仅拓展了当代文学的表现范围，也为当代影视提供了新类型和新题材。从网络文学类型的改编来说，青春校园、都市言情、宫斗宅斗、穿越玄幻、仙侠修真、历史军事和现实题材是被改编得最多的，并时常出现年度爆款。

青春校园类型网络小说的影视转化最早且转化数量非常可观，在主题、表现形式上总能以新类型引发关注。青春校园影片《第一次的紧密接触》（改编自痞子蔡的同名网络小说）于2000年上映，开启了网络小说改编的先声；《PK.COM.CN》（2008年3月14日首播，改编自何小天的《谁说青春不能错》）尝试青春题材互动电影，不管是片名、剧本和演员的挑选都充分体现了网络的即时性及互动性；影片《山楂树之恋》（2010年上映，张艺谋导演，改编自艾米的同名小说）以"史上最纯净的爱情"引人注目，刷新了国内文艺片票房的纪录；《致我们终将逝去的青春》（2013年4月26日上映，改编自辛夷坞的小说《致我们终将腐朽的青春》）掀起青春怀旧风，以追溯青春为卖点，赢得了七亿多票房；此外，明晓溪的《旋风少女》《明若晓溪》《泡沫之夏》等青春类型网络小说均改编为同名青春偶像电视剧，在青少年观影群体中引起了较大反响。总的来说，校园青春类型网络小说影视改编起步早，以青春主题引人注目，名家名作迭出，形成了以明晓溪为代表的偶像青春、以辛夷坞为代表的暖伤青春、以痞子蔡和九把刀为代表的校园青春等叙事类型，并在小说热度的基础上改编为影视剧，以"青春"招徕正值青春者注目、已逝青春者怀旧，为青春题材影视剧提供了新鲜的题材和叙事。

都市职场情感类型小说成为网络小说改编的重头戏，并出现了不少职场时装、都市情感影视佳作。被称为"内地琼瑶掌门人"的网络作家胭脂的多部小说被改编成电视剧，《蝴蝶飞飞》《爱上单眼皮男生》《爱你那天正下雨》等网络小说于2004—2006年间被改编为同名电视剧，以琼瑶式情感剧走进大众；"悲情天后"匪我思存的"虐恋"风格的现代都市小说《千山暮雪》《佳期如梦》成为热门IP；顾漫的《何以笙箫默》《微微一笑很倾城》《杉杉来吃》等现代都市小说被改编为影视剧；《盛夏晚晴天》（柳晨枫）、《岁月是朵两生花》（唐七公子）、《第三种爱情》（自由行走）、《翻译官》（缪娟）、《温暖的弦》（安宁）等网络小说影视改编将"霸道总裁"人设带进电视剧人物形象序列，并形成"霸道总裁"热潮和网络热点；丁墨的《他来了，请闭眼》《如果蜗牛有爱情》《美人为馅》等多部甜宠悬疑风格系列网络小说被改编为电视剧，在刺激、紧张的刑侦破案氛围中讲述甜宠爱情故事，为电视剧提供了新型叙事手法；改编自阿耐同名网络小说的《欢乐颂》聚焦职场与女性情感，一度成为现象级电视剧；影片《失恋33天》（2011年11月8日上映，滕华涛导演，改编自鲍鲸鲸的同名小说）成为2011年度票房黑马，以世纪大光棍日（11月11日）都市白领"失恋"治愈话题成为关注焦点；电视剧《何以笙箫默》（2015年1月10日在江苏卫视、东方卫视首播，改编自顾漫的同名小说）为江苏卫视2015年度收视冠军，是首部单日网络播放量突破三亿的电视剧，百度指数最高达320万，并登上韩国三大电视台之一的MBC，入选广电总局2015电视剧选集，成为都市情感类型的现象级电视剧。

架空、历史题材小说的影视改编也取得了长足发展。《琅琊榜》（改编自海宴的同名网络小说，2015年9月在北京卫视、东方卫视首播）、《天盛长歌》（改编自天下归元的网络小说《凰权》，2018年8月在湖南卫视首播）、《风中奇缘》（改编自桐华的网络小说《大漠谣》，2014年10月在湖南卫视首播）、《大汉情缘之云中歌》（改编自桐华的网络小说《云中歌》，2015年9月在湖南卫视首播）、《孤芳不自赏》（改编自风弄的同名网络小说，2017年1月在湖南卫视首播）、《醉玲珑》（改编自十四夜的同名网络小说，2017年7月在东方卫视首播）等电视剧热度和口碑皆佳。宫斗、宅斗类型小说的影视化数量不多，但是影响深远，其中电视剧《步步惊心》（2011年9月10日于湖南卫视首播，改编自桐华的同名穿越小说）掀起了穿越剧和清宫戏的热潮；电视剧《后宫·甄嬛传》（改编自流潋紫所著的同名小说，2012年3月26日于安徽卫视、东方卫视首播，郑晓龙导演）第一次对宫斗类型小说的改编从后宫情爱转向了史诗巨制，赢得了良好的口碑和人气，并在中国台湾和海外播出，"甄嬛体"被全民效仿；而《延禧攻略》（2018年7月19日于爱奇艺首播，改编自笑脸猫的同名小说）以网络剧的形式获得了热播和话题讨论，将网络小说中的"打脸"梗移植到电视剧中，在文化和精神上延续了网络小说的神韵；《知否？知否？应是绿肥红瘦》（2018

年12月25日于湖南卫视首播，改编自关心则乱所著的同名小说）则是宅斗网络小说改编电视剧的标杆性作品，在改编中突破闺阁和内宅，将一个庶女的成长史和帝位更替结合起来，表现了后宅和朝堂、家和与国兴的沉浮变迁，使得该剧的格局和视野宏大而开阔。

仙侠玄幻修真类型网络小说承继自武侠小说的优良传统，在神话传说和传统武技的基础上，充分发挥想象力，形成了宏大世界观。该类型小说改编的影视剧，一般世界观宏大、想象恢宏、特效炫目，呈现出一种新的题材类型。电视剧《花千骨》（2015年6月9日于湖南卫视首播，改编自Fresh果果的同名小说）荣获2015年国剧盛典年度十大影响力电视剧和第十一届电视制片业"电视剧优秀作品"奖；电视剧《三生三世·十里桃花》（2017年1月30日于优酷、腾讯视频等网络平台首播，改编自唐七公子所著的同名小说）将玄幻仙侠和古装言情糅合，全网播放量突破30亿，成为年度爆款；电视剧《择天记》（2014年4月17日于湖南卫视、腾讯视频首播，改编自猫腻的同名小说）延续了网络小说逆天改命的主题，在男频小说宏大的故事架构中增添了爱情线、流量明星等，掀起了男频玄幻类型改编的热潮；紧随其后的网剧《将夜》（2018年10月31日在腾讯视频播出，改编自猫腻的同名小说）以起用年轻演员、还原原著小说经典场景和台词的大制作获得成功。盗墓类型小说的影视化则打破了当代电影题材的禁忌，以网络小说之"盗墓"题材填补了电影该类题材的空白，实现了电影在题材方面的突破，影片《鬼吹灯之寻龙诀》（2015年12月18日上映，改编自天下霸唱所著的《鬼吹灯》后四部）、《盗墓笔记》（于2016

年8月5日上映，改编自南派三叔的同名小说）和电视剧《老九门》（改编自南派三叔的同名网络小说，2016年7月在东方卫视首播）得益于题材优势，均获得了商业成功。

网络小说现实题材影视化同样抢眼，虽然不能提供新的表现范围，但善于和精于虚构的网络小说为影视提供了更多精彩故事，其中网络作家六六的《王贵与安娜》《双面胶》《蜗居》《心术》《宝贝》，阿耐的《都挺好》《欢乐颂》，宗昊的《小儿难养》等网络小说均被改编为电视剧，聚集家长里短、婆媳关系、情感危机、医疗纠纷、育儿难题、原生家庭等社会难点和痛点问题，直面现实，为家庭伦理情感类型电视剧提供了新故事；阿耐的《大江大河》四部曲被改编为同名电视剧，献礼改革开放四十周年，热度和口碑两丰收，为主旋律电视剧提供了良好的范本。《全职高手》《亲爱的，热爱的》等职业剧体现了游戏、电竞等新兴行业和职业的面貌。

（二）网络文学为影视提供了发端于网络的大众文化和青年亚文化

网络小说的影视化不仅为影视提供了新的题材和表现范围，更重要的是提供了一种发端于网络的大众文化和青年亚文化。网络文学发端于网络，受到网络电子媒介文化的深刻影响，以网络为载体，开拓了新的文学空间和文化空间。这个空间在资本和消费的刺激下，主要承载着在消费社会中人的主体性建构需求和对物及情感的欲望。在网络文学网站看来，网络文学的读者就是用户，对他们来说，最重要的是要满足用户体验，这是在资本和消费的驱使下的利益选择，也是在资本全球化浪潮中的必然归属。既然强调用户体验和满足用户需求，网络文学必然会细分出不同的叙事类型和题材，以满足不同用户群的文学趣味和需求。因此网络文学在继承了传统通俗小说的基础上，又在市场和资本的驱动下细分出不同的叙事类型，形成了以类型小说为主体的格局。每个类型都承载着不同的用户需求和文学趣味，体现为不同的青年亚文化。为什么说是"青年亚文化"呢？从网络作家的年龄分布看，30岁以下占比超过七成，以年轻群体为主。而网络文学读者中30岁以下占比为73.1%，其中有18.2%的读者年龄在18岁以下[①]。不管是网络文学的创作者还是接受者，30岁以下的年轻人是主流人群。在网络文学的发展历程中，我们可以很清晰地看到各种青年亚文化对网络文学类型的影响，比如ACG（动画Animation、漫画Comic、电子游戏Game）三大产业文化、耽美青年亚文化、丧文化、二次元文化等，甚至可以说，青年亚文化是网络文学类型和题材变化的风向标、前沿地和创新点。由于网络文学鲜明的类型和题材特征，容易让人们以为它只是一些构思精巧的故事，以浅白、幼稚、粗俗的风格实现读者的白日梦，仅仅值得称道的不过是丰富的想象力和创造的巨大财富，和历史、文化、美学和哲学距离较远。网络文学是属于大众的，具有大众文化的一般特征；同时又是属于青年的，具有文化的流行性、创新性和前沿性。如果网络小说影视化仅仅关注类型和题材，那么网络小说影视化之路即将穷尽，因为其类型和题材具有同质性。只有将网络媒介孕育出的网络大众文化和青年亚文化进行影视的转化和传递，进行文化和美学上的扬弃，才能真正丰

---

① 《数说中国网络文学20年》，《新阅读》2018年第10期。

富和壮大网络文学影视改编。

网络文学向影视、动漫、游戏、有声书及周边产品等行业转化和渗透，使网络文学全产业链得到拓展和完善，网络文学的影响力也随之扩大；当网络文学全产业链得以形成，强大到足以反哺影视、动漫、游戏、有声书及周边产业的时候，同时也被影视、动漫、游戏、有声书及周边行业反哺。以网络仙侠小说《花千骨》的影视化为例，采取台（湖南电视台）网（搜狐视频）联动宣传、播放，收视率在同时段排名第一，网络播放量突破200亿，成为首部网络播放量突破200亿的电视剧[①]。而小说《花千骨》并不止于影视转化，在成为现象级电视剧的同时，该小说IP实现了影游联动，"2015年6月9日，电视剧《花千骨》开播当天百度指数达到119万，拿下了微博总话题榜、电视剧榜单以及实时热搜榜三个"第一"。6月24日开启公测的《花千骨》手游，在借助电视剧的热度后，月流水也近两亿（官方数据），吸金能力可见一斑。游戏上线24小时内取得了APP Store免费榜第一、畅销榜第二的成绩，并且这个成绩保持了大概两周的时间"[②]。原著作者Fresh果果不仅参与了电视剧的改编，还是同名手游的架构师，并于2014年7月在湖南文艺出版社出版了《花千骨（最新修订升级版）》，在2015年电视剧热播的同时，号称"作者果果历时五年全新修订，新增四万字神秘番外，随书附赠唯美高清海报、明信片

---

① 花千骨的360百科，https://baike.so.com/doc/3294646-8702021.html，访问日期：2019年7月29日。

② 张伟靖、钱王鑫：《从"花千骨"到"醉玲珑"，从收视"爆表"到手游月流水过亿，"万分之一"的IP爆款能否被复制？！》，http://www.sohu.com/a/145598725_160818，发表时间2017年6月2日，查询时间2019年7月29日。

一套"①，以影视的热度为原著增加了新热度和营销方式。网络小说《花千骨》IP运营的成功，涵盖文学、影视、游戏（包括手游和页游）、动漫（大歪、大毛改编漫画）及衍生品等，实现了以一个品牌IP为中心，在泛娱乐产业链中联动宣传、营销和获利的现象，达到了文学、影视、衍生品和游戏的深度融合，成为跨界融合发展的标杆。天象互动CEO何云鹏认为："这条路的复制性是比较难的，因为每一个文化作品都有它独特的特点，就像一个人一样，这个世界上没有一个完全一样的我，每个作品都是当时的时间、当时的团队和社会背景造成的，你如果想重新去复制它是非常难的。"但是他同时非常肯定，《花千骨》的"逻辑是可以复制的"②。这个逻辑就是在大资本的操作下，在中心IP的带动下，在利益一体的驱使下，文学、影视、游戏等领域深度融合，实现IP利润的最大化。因此，《花千骨》IP改编现象级成功虽然是偶然的，但是在资本的驱使下，这种成功又是必然的。2015—2016年，《醉玲珑》《老九门》《盗墓笔记》《微微一笑很倾城》（端游、手游《倩女幽魂》植入其中）等复制影游联动模式，虽然没有成为现象级，但也取得了不可小觑的成绩。这种万分之一的成功不能完全复制，却能被模仿和追随。清华大学《传媒蓝皮书》课题组编撰的《2016中国IP产业报告》公布了"中国超级IP-TOP100影响力榜单"，其中网络小说有61部、传统小说为29部，网络文学已经成为影视、游戏等领域最重要的IP来源。在

---

① 花千骨的360百科，https://baike.so.com/doc/3294646-24543141.html，访问日期：2019年7月29日。

② 《数说中国网络文学20年》，《新阅读》2018年第10期。

2013—2014年两年间，引发了囤积、哄抢网络文学IP现象。同时一些互联网巨头和资本也加快资本投资力度，扩展了以网络文学为上游的泛娱乐全产业链的投资范围。中国互联网三巨头百度公司、阿里巴巴集团和腾讯公司先后在网络文学、影视等行业布局，影视公司华谊兄弟布局包括掌趣科技和英雄互娱等多家游戏公司，爱奇艺成立爱奇艺文学，涉足网络文学，完美世界集团以12亿收购百度文学，游戏公司天神娱乐入股功夫影业完成影视布局……毫无疑问，资本在网络文学泛娱乐全产业链中发挥着至关重要的作用。

随着网络小说影视化的深入，网络小说和影视之间的互动和影响将会日益深化。同样，网络文学作为IP，向出版、影视、动漫、游戏及周边的转化及其相互影响，也将日益深入。以网络文学为上游的网络文学泛娱乐全产业链的建立和完善，使网络文艺各种形式日臻成熟，使网络文化逐渐成为大众文化和亚青年文化的主流。近年来，影视动漫等文艺形式出现了并非网络小说改编但蕴含网络文学文化风格的《杜拉拉升职记》《宫锁心玉》《宫锁珠帘》《哪吒之魔童降世》等影视动漫，网络小说中也出现了以表现娱乐圈为主要内容的新类型网络小说——娱乐圈文。随着大资本的介入，这种影响将会更加全面深刻，各种文艺形式将会走上深度融合之路。我们或许更应该思考，怎么规避资本带来的负面影响，深入挖掘和研究网络文学所潜在的大众文化和青年亚文化的前沿性、创新性，用以指导和规范网络文学全产业链的茁壮成长。理想的网络文学改编，应该是文学、影视、动漫及游戏等艺术形式并肩而立，多峰并立，以不同的艺术形式和形象，满足人们对文化和艺术不同的想象和要求。

第八章

媒介新趋向

元宇宙未来人类图景和元宇宙批判

随着纪录片《三和人才市场：中国日结1500日元的年轻人们》、文学作品《人在三和》和社会学调查报告《岂不怀归：三和青年调查》的陆续推出，"三和青年"这个以深圳三和市场为活动半径的青年群体得到了更多关注。他们的生存成本之低和生存环境之恶劣皆令人惊讶：单间15元1间，鞋10元1双，面条5元1份，大瓶水2元1瓶，散烟5角1根，网吧8元包夜……更令人诧异的是三和青年的生存状态：干一天玩三天。所谓的干一天指的是做一天临时工，根据工作种类的不同，拿到大约90元至220元的日结工资，他们最不愿意做的工作就是进工厂；所谓的玩三天是指不工作的"自由"时间，他们买彩票，待在廉价网吧玩网络游戏、刷网络直播、阅读网络小说、进行网赌，在电子一条街买卖手机，在大街上玩扑克。为什么会产生三和大神这样的低欲望生存青年群体？他们看起来似乎和现代化城市格格不入。深入考察三和青年的生存状态，便可以发现一个强烈的冲击或对照，那便是网络时代的数字化生存和机械生产时代的流水线生活之间的冲突，即数字生存对流水线生活造成了巨大的冲击，这些身无长物的三和青年在浸淫网络环境后，对流水线生活纷纷起了厌恶和远离之心，他们宁愿忍受睡大街，也不愿忍受流水线工作。

机械是人肌肉的延伸。在流水线的环境下，一个人只能变成一双手，在单位时间内重复单调的动作；而网络环境是同步的整体环境，给予人们所有感兴趣的选择，对三和青年来说，他们可以在网络直播、视频、游戏、小说、赌博或聊天的窗口随意切换。一边是居无定所但是有更多选择的网络空间，一边是有固定场所但是单调枯燥的流水线，三和青年无法抛弃后者但是毫不犹豫地偏向前者，因此形成了干一天（流水线式的工作）玩三天（以网络环境的休闲活动为主）的生活方式。三和青年现象是一个观察新技术和旧环境、技术和人之间相互作用和影响的绝佳样本。

在网络发展刚刚起步的时候，马歇尔·麦克卢汉就发出了这样的追问：“在什么地方，你能在马来寺庙睡觉，在意大利别墅吃饭，在海滨晒黑皮肤，又在草原狩猎？”[①]如果现在回答这个问题，很多人会想到的符合上述条件的地方是元宇宙。那么元宇宙将会创造一个什么样的技术新环境？这个技术新环境和人之间到底谁是主导者？元宇宙中的人最终会变成什么样的人？

一、元宇宙：皇帝的新装

人们对待技术的态度向来有两种：一种是技术悲观主义，以哈罗德·伊尼斯、芒福德和埃吕尔为代表，他们深谙技术的

---

① 马歇尔·麦克卢汉著，昆廷·费奥里、杰罗姆·阿吉尔编：《媒介与文明》，何道宽译，北京机械工业出版社，2016，第169页。

　　　　　　　　　网络文学：媒介、文本和叙事

伟力，又忧心忡忡于技术对文化的损害及对人类的误导；另一种是技术乐观主义，以马歇尔·麦克卢汉、保罗·莱文森等人为代表，他们潜心研究媒介技术的过去和现在，认为只要深谙技术正在发生什么，就能预言未来将要发生什么。尤其是保罗·莱文森，一方面笃信麦氏，大力弘扬麦氏媒介理论：另一方面坚信人是媒介的尺度，认为人的理性选择决定媒介技术的发展方向。不管我们对互联网秉持什么态度，只要人们选择接受它，源源不断地加入它，且投入越来越多的生活和时间，那么元宇宙就是互联网的未来。这也是笔者在《元宇宙批判：完美赛博空间抑或超级全景监狱》（"文学新批评"公众号，2021年12月1日）中提到的，元宇宙化就是人类不断往虚拟世界的大迁徙。

被誉为互联网先知的马歇尔·麦克卢汉，通过对印刷术和电子媒介的深入研判，揭示了媒介的作用机制，以及媒介和人之间的紧密关系。在理解媒介的时候，马歇尔·麦克卢汉尤其注重媒介的"反环境"作用，新技术通过延伸人的器官或感官，形成新的接收方式、新的生活方式和新的社会环境，从而成为原来社会环境的"反环境"。比如，在口语时代，人与人之间的交流和知识传承更依赖耳朵所谓的口耳相传，西方字母表和印刷术延伸了眼睛，使得视觉功能凸显了出来，打破了口语时代的听觉空间，形成了视觉空间的霸权。汉字不同于拼音文字，每个汉字本身就是一个小宇宙，更加强调感官的整体性，但活字印刷和线装书籍同样凸显了视觉功能。印刷术形成的视觉环境成为前文字时代听觉空间的"反环境"。报纸（和书籍相比有更快的出版速度）、邮政体系、公路、铁路（邮政、交通系统为人的腿脚的延伸)、蒸汽机(机器是人的肌肉的延伸)形成了越来越全面的机械化,总体上形成了人的机械延伸。以电报、电话、留声机(声音的延伸)、摄影(记忆的延伸)、有声电影、电视等为代表的电子环境,以更加快速的时空拓展和同步性形成了机械环境的"反环境":从机械化到电子化,技术延伸的速度越来越快,拓展的空间越来越大,知识储存能力(记忆的时间延伸)越来越强,综合性延伸越来越多(比如电影从无声到有声,集合了留声机和摄影的功能;电视以电影为内容,集合了电影和摄影的功能),对同步性的要求越来越高。马歇尔·麦克卢汉对电子环境的同步性非常重视,预言这种同步性将打破被印刷术、机械化加强的视觉空间,并逐步形成视觉—听觉空间,预言人们将重回部落时代的感觉方式,形成"地球村"。直到计算机技术和网络的出现及其快速的更新迭代,才真正实现了文本、声音、图像、视频等技术的综合和融合,将电子时代的"同步性"推向深入,新的数字环境以更强的综合性和更迅速的同步性形成了电子环境的"反环境"。

仅从人际交往来看,元宇宙技术将人本身数字化。人不仅成为一种自媒介,更是一种数字化信息,并能源源不断地接收社会环境中的丰富信息。技术和媒介是人的延伸,那么支撑元宇宙的技术主要延伸了人的哪些感觉系统呢?文字延伸了人的语言,印刷术延伸了人的眼睛,交通工具和交通系统延伸了人的腿脚,电报延伸了人的交谈,摄影延伸了人的记忆,电子系统延伸了人的中枢神经系统,计算机延伸了人的大脑,网络集文本、声音、图像、影像等于一体,延伸了整体的人。

作为计算机和网络技术演化的集大成者，元宇宙将结合虚拟现实（VR）、增强现实（AR）、人工智能（AI）等技术，全面复制和模拟甚至创造人类及其生存环境。元宇宙营造最突出的"反环境"在于：将全面延伸人的感觉系统，突破单一器官或单一感觉的延伸，实现触觉、嗅觉、味觉、视觉、感觉等感觉系统在虚拟空间的同步抵达。马歇尔·麦克卢汉曾经断言，书面文化所形成的视觉空间的基本特征是线性、连接性、同质性和稳定性，主要发挥了人左脑的功能，形成了抽象、逻辑和推理。而电子文化的同步性则推动了视觉文化向声觉文化的转变，越来越具有口语社会的特征。元宇宙的到来，将有望在技术的辅助下克服时空的限制，让人们在不在场的情况下体验在场的所有感觉，"在线"即"亲临"。

媒介环境相当于鱼儿的生活环境"水"，鱼儿很难意识到环境的存在，人们也很难意识到媒介环境的重要性。马歇尔·麦克卢汉最大的功绩在于，一改传统的研究方法，用系统论和"后视镜"①的研究方法将作为社会环境的媒介凸显出来，将环境作为内容来研究。奉马歇尔·麦克卢汉为师的保罗·莱文森在麦氏研究的基础上，指出了人们对马歇尔·麦克卢汉的误解，即将麦氏对媒介的凸显误以为是媒介决定论。在借鉴达尔文自然进化论的基础上，莱文森提出了媒介演化的"人性化趋势"理论：人代替了自然进化论中的自然环境，对技术和媒介进行选择；技术和媒介的发明和使用一直在模仿、

---

① 马歇尔·麦克卢汉认为媒介人造环境往往不被人察觉，当这些人造环境被其他环境取代的时候，他们往往就可以被人看到了，因此我们采取开车看后视镜的方法，通过观察旧的人造环境来讨论现在的媒介环境和预测未来的人造环境。

复制人的感知、认识和交流模式。质言之，人是媒介的尺度，技术和媒介是人选择的产物。莱文森在这个认知的基础上，提出了媒介技术发展进程三个阶段的模型："（A）最初，所有的传播都是非技术性的，或者说是面对面的。所有真实世界的元素，如色彩、动作，都被呈现出来；当然，跨时空传播能力上的生物限制也被呈现出来；（B）技术被发明出来，用以克服跨时空传播中的生物局限。但是，为了克服这些局限，早期的技术必须丢掉真实世界环境中许多元素，比如色彩和动作；（C）随着技术变得越来越复杂，它们试图重获早期技术丢失的、面对面传播中的元素，与此同时保持（在一些情况下，则是提高）对时空的延伸。"①而元宇宙所要达到的人际交往模式恰好是莱文森所设想的C模式。C模式不是A模式的简单回归，而是实现了人的最大限度的时空延伸：在技术的辅助下，人能在不在场的情况下，获得临场体验和情感，最大限度丰富人的感官感觉，在远程传播的技术条件下重获一个完整的人。

现在手机越来越成为人的智能外接和一个新器官，元宇宙对人的延伸能力大大超过了手机，其营造的智能数字环境为人体覆盖了一层新的肌肤。衣服是人肌肤的延伸，那么元宇宙就是人的一件具有奇异作用的新装：不管称职或不称职，聪明或愚蠢，都很难看到这件衣服；无论称职或不称职，聪明或愚蠢，都将通过这件衣服获得新的感官或意识延伸，获得"独特的感知比率"。"媒介改变环境，唤起我们独特的感知比率。任何感知的延伸都使我们的思维和行为方式发生变化，我们

---

① 保罗·莱文森：《人类历程回放：媒介进化论》，邬建中译，西南师范大学出版社，2016，第6页。

感知世界的方式因此而改变。当感知比率变化时，人随之改变。"①当人真正穿上这件新装的时候，能变成掌控元宇宙的皇帝吗？

二、元宇宙中的人：着新装的皇帝？

人是技术变革的尺度，也是技术变革的缓冲。当一种技术从实验室走向市场和大众的时候，往往面临着要么成功、要么失败的命运。在技术开发者和大众之间，技术并非畅通无阻，因为技术开发者往往在开发技术的时候，并没有考虑或者很少考虑大众的需求、兴趣和意愿，而大众的需求、兴趣和意愿决定着技术能否在社会上生根开花，因此技术开发者和大众在客观上存在供给和需求之间的不平衡和不适配的问题。即使被大众接受的媒介技术，也是被大众的兴趣和意愿驯化过的技术。在媒介技术和人之间，马歇尔·麦克卢汉通过"后视镜"观察和社会模式识别，更加倾向于强调媒介环境改造人的作用；而莱文森在马歇尔·麦克卢汉研究的基础上，以更加乐观的态度研究"新新媒介"②，更加突出人在媒介技术变革中的中心地

① 马歇尔·麦克卢汉：《媒介即按摩：麦克卢汉媒介效应一览》，何道宽译，机械工业出版社，2016，第39页。

② 保罗·莱文森在《新新媒介：第2版》（何道宽译，复旦大学出版社，2014）中将当代媒介分为三类：第一类是旧媒介，即互联网诞生之前的一切媒介；第二类是新媒介，即互联网上的第一代媒介，诞生于20世纪90年代的第一代互联网应用，如电子邮件、网上书店、音乐播放器、电子报刊、留言板、聊天室等；第三类是新新媒介，即互联网上的第二代媒介，如博客、推特、微信、QQ、脸书等。

位，即媒介技术变革最大的尺度是人。笔者认为，技术变革的力量主要在于营造新环境，以新环境潜移默化地改造人，而人接受和使用技术的过程也是驯化技术的过程，当二者达到平衡的时候，技术最大限度改造了人，人也根据需求、兴趣和意愿最大限度驯化了技术。元宇宙就是技术环境和人之间达成的新的动态平衡。当技术环境和人之间形成了新的平衡，环境成了新环境，人也得到了拓展和延伸，成为多重形象的新人类。

达尔文于1859年发表巨著《物种起源》，提出了进化论假说，此后科学界从不断发展的动物学和生物基因学等不同学科印证了这一理论，人类源于动物这一论断越来越确定不移。直到大约200万年前，人类才和动物区分开，成为古智人。古智人又经过长期进化，才演变为现代智人（简称智人）。《极简人类史》（大卫·克里斯蒂安）和《人类简史》（尤瓦尔·赫拉利）皆以宇宙视角大历史方法论阐述了智人的发展史，二者都将大约十万年前至今的人类史大体上分为三个阶段（二者在三个阶段的命名上稍有不同，本文采用《人类简史》的命名）：认知革命、农业革命和科学革命。在认知革命阶段（约距今250 000—10 000年前），人类主要依靠采集和狩猎为生，从非洲向全球大迁徙，在演化的进程中产生了方言和文化。虽然在自然环境的巨变中历经了大部分人属物种的灭绝，但是留存的人种在大自然中逐渐成为霸主；在农业革命阶段（距今12 000—250年前），智人栽培农作物，驯化动物，开启定居生活。随之人口急剧增加，家庭、城市、国家、帝国相继出现，农业、手工业、服务业和货币在人类的社会生活中起着越来越重要的作用。不同地区的文字将语言固定下来并延伸开去，大大提升了信息传播能力；在科学革命阶段（1750年至今），由于天文学、数学、物理学、生物学、心理学等学科的兴起和发展，形成了现代科学及以现代科学为基础的科学技术，效率更高的农业技术、纺织业加工机器、蒸汽机等，形成了工业革命。遗传学、相对论、量子力学、分子生物学等学科蓬勃发展，计算机和网络等信息技术日新月异，人的寿命大幅度提升，人的中心地位愈加牢固。在中世纪人创造了神，现在人则变成了神。在《人类简史》的论述中，"智人"这个概念一直是人类的代名词，在大多数人的心目中，理性的人一直占据人类的中心。米歇尔·福柯一直关注现代人如何被形塑，《词与物》主要关注知识对人的塑造，《规训与惩罚》主要考察权力对人的塑造，《古典时代的疯癫史》考察知识和权力对疯人（疯癫或非理性）的打压、规训、治疗、矫正、禁闭。福柯的研究证实了理性的人怎样一步步掌握了知识和权力，又通过知识和权力规训疯人，凸显理性，打压感性，最终占据主导和主流地位。弗洛伊德的精神分析学说发展了人类心理构成及其运作和人的行为的关系，确证了非理性和理性相比是一个更为广袤之地。马歇尔·麦克卢汉的媒介理论更进一步说明了距今3000年以来，文字、印刷术、机械技术、电子技术及刚刚兴起的计算机和网络技术对人和社会施加的巨大影响。尤其是技术成为人的延伸，通过塑造人工环境，形成新的时间和空间模式，对人的身体和心理产生影响。马歇尔·麦克卢汉认为机械技术是一种切割肢解的技术，形成了"线性、连接性、同质性和稳定性"的视觉空间，破坏了"处处是焦点或中心，无处是边缘"[①]的声觉空间，促成了专业和专门化，破坏了人的整体感官系统，将声觉的人变成视觉的人，而电子技术又在一定程度上逆转了这一趋势。

游戏人赋予人人成为完整的人的权利。在文字产生之前，人是完整的人。文字产生之后，在人类进化的进程里，理智越来越占上风，迷狂被压制。《斐德罗篇》就指出了这种分野，并说明了"迷狂"的重要性："我们要指出这样一个事实，那些为事物命名的古人并不把迷狂视为羞耻和丢脸，否则的话他们就不会把这种预见未来的伟大技艺与'迷狂'这个词联系在一起，并把这种技艺称之为迷狂术了。他们把迷狂视为一份珍贵的礼物，是神灵的恩赐，这种技艺也就有了这个名称，而现在的人没有审美力，给迷狂术（Manic）这个词增加一个字母，变成了预言术（Mantic）……神灵附身做出的预言比依据征兆做出的预言要完善得多，前者具有更高的价值，上苍恩赐的迷狂也远胜于人为的神志清醒。"[②]人创造了知识、权力、媒介，同时人又成为知识、权力、媒介的客体，成为被知识、权力、媒介塑造、作用的人。一直以来，知识、权力和媒介等构成的切割肢解的社会环境将人形塑成理性的人，但电子技术重新造就了同步的、整体的、情感的环境，重新激发声觉的人：偏重整体和系统感知，感性和理性并重。网络技术的非中心化、瞬时性将电子环境的这种整体和系统感知倾向进一步增强。元宇宙是网络社会的终极状态，将会激发人的更多情感。

---

① 马歇尔·麦克卢汉著，理查德·卡维尔编：《指向未来的麦克卢汉：媒介论集》，何道宽译，机械工业出版社，2016，第149页。

② 柏拉图：《柏拉图全集·第2卷》，王晓朝译，人民出版社，2003，第157—158页。

　　　　　　　　　网络文学：媒介、文本和叙事

智人是人类历史发展的结果，但是智人（理性的人）只是人性的一极，人性的另一极是狂人（感性的人）。在元宇宙中，人在技术新环境的辅助下，将充分延伸感官系统，捕捉各种细微的感觉，这将极大提升游戏体验。游戏不再是消遣和休闲，而是工作和生活的重要内容。人们在游戏中探索、协作、创造，在不同的角色中体验自豪、失败、成功、合作、好奇、厌恶、快感等更加丰富的情感。这些丰富的情感出自狂热地追求快乐和自我刺激的本能，补足智人在历史发展中的情感缺失，促使人类由智人向游戏人的转变。游戏人是智人通往完整的人的第一站。

数字人赋予普通人上帝的权力。在元宇宙中，虽然真实社会空间和虚拟空间相互投射，虚实共生。但是大多数人类将社会生活的重心转移到虚拟空间，逐步完成了向虚拟社会的大迁徙。女娲造人的神话将在虚拟空间真实再现，元宇宙的技术环境足以让每个普通人造出另一个理想的数字分身，并且和现在的微博、微信、QQ头像和游戏中的第二人生相比有本质的飞跃。数字人将能抵达技术可以到达的任何时空，也能切实获取任何虚拟时空的"在场感"，因为元宇宙就是人的肌肤，也是数字人的肌肤。也就是说，元宇宙将使得每个人都成为女娲或上帝，在技术的协助下在虚拟空间造出另一个自己——一个有血有肉有感觉的数字人。

2022年冬奥会的文化宣传、开幕式表演、赛事转播、直播卖货等环节都充斥着数字虚拟人的身影：数字虚拟人奥林匹克公益宣传大使"热爱REAL"上岗说冬奥，谷爱凌的数字分身Meet Gu在赛前和大家互动，央视转播赛事的手语主持人和气象播报员冯小殊持证上岗，虚拟偶像洛天依在开幕式上表演节目，带货主播冬冬在直播间卖冬奥会商品。现在科研单位、互联网大厂、游戏公司等纷纷推出虚拟数字人。从早期的虚拟偶像，到现在的主播、主持人、气象播报员等打工人，虚拟数字人的应用场景逐渐增多，身份越来越多元。以这些虚拟数字人为基点，我们可以想象每个人的数字分身可以做到的事情，跨越时空参加会议、演唱会、球赛，到遥远的小岛上庆生、度假、购物，甚至在一个没有名字的星星上遇见外星人，如果真的有外星人的话。这些数字分身可以更逼真地在场，更真实地感觉，每个人都拥有了更加广阔的时空和更加细腻繁复的体验。每个普通人拥有的权力和上帝一样宽广，上帝将在每个普通人身上复活，从而使人这个词汇不得不增加新的内涵和外延。

电子人赋予身体更多可能的权力。计算机和网络诞生以来，人们便对赛博空间（cyberspace）有着无限的想象，美国科幻小说《神经流浪者》第一次使用赛博空间，"是成千上万接入网络的人产生的交感幻象……这些幻象是来自每个计算机数据库的数据在人体中再现的结果"[①]。网络空间、人工智能和基因技术的每一次发展和突破，都能引发社会哲学和人文学者对"人"这个哲学概念的怀疑和反思。西方神话中的那喀索斯被自己的水中倒影（完美的神的形象）诱惑，人类被诱惑本身诱惑，让·波德里亚早就看出了这一点："一个不可磨灭的命运压在诱惑之上。对宗教而言，诱惑曾经是魔鬼的策略，巫术或爱情的策略。诱惑永远都是邪恶的诱惑，抑或人世的诱

---

① 胡泳：《众声喧哗：网络时代的个人表达与公共讨论》，广西师范大学出版社，2008，第73页。

惑。这是人世的招数。"①这个人世的诱惑是人要达成完美的神的形象，达成目的的招数就是技术。一方面，人们按照自己的形象塑造技术，电子技术是对中枢神经的模仿，计算机是对人脑的模拟（美国科学家冯·诺伊曼在《计算机与人脑》一书中详细比较了计算机和人脑的作用机制），人工智能是对思考机制和行为模式的模拟，网络是人类对信息控制的新发明；另一方面，人类以技术工具武装身体，通过机械、电子或智能装置行使生理机能，进化为一种新人类电子人（或生化人）。

在技术的浸淫下，电子人成为人类进化的一个新方向。早在1998年，英国雷丁大学的控制论教授凯文·沃里克就在自己的左臂植入了一个集成芯片，可以控制实验室的大门、电脑和灯；在2002年他又在自己的左腕植入了芯片，电极和他的手臂主神经相连，他的神经脉冲可以传达到电脑中。这是一种"探究现在人们认为绝对不可能的领域"②的冲动和实验。在科幻小说、动画和电影中，这样的场景和描述更是比比皆是。在元宇宙中，电子人将全面崛起，智能外接成为身体不可或缺的一部分，因为只有这样，人们才能在过剩的信息中清晰、准确地捕捉到所需要的信息。这也就意味着人与机器之间的界限将模糊不清，电子人注定要在道德、伦理和技术的张力中曲折行进。

达·芬奇曾经不无热情地赞扬绘画模仿自然的伟大作用，进而阐明画家是神，因为画家有能力在纸上创造一切自然景物

---

① 让·波德里亚：《论诱惑》，张新木译，南京大学出版社，2011，第1页。
② Flavia Caroppo：《嗨，我是个电子人》，刘涛编译，《Newton科学世界》2003年第1期。

或想象的事物，画家是其创造之物的主宰与创造主。元宇宙中的任何一个普通人都能创造一个乃至数个数字分身，进而拥有主宰的感觉，就像误入奇境的爱丽丝，发现每一只动物、每一株植物、每一个人都自成一个世界。如果元宇宙赋予了人种种权力和多重身份，人有可能凭借元宇宙这件新装成为一个完整的人（游戏人）、一个造物主（数字人）、一种新人类（电子人），但是在拥有这些权力和身份之前，我们必须确认，在元宇宙中人能否成为一个拥有隐私和个人自主权的人。

随着元宇宙的临近，我们很容易发现这样一种技术趋势：人们在线的时间越来越长，个人卷入的网络社会组织、群体或应用越来越多，个人空间和身体领域被侵入和观察的机会越来越频繁。从根本上说，在网络技术和个人之间产生了一个很大的矛盾：对网络技术和网络应用的提供者来说，信息、数据、记录和感知越多越好，以便于进行数据挖掘、数据运算、风险分类，这是将数据和信息转化为权力和财富的基础；但是对网络用户而言，他们披露的信息越多，尤其是个人基因信息、生物识别信息（包括个人的面部、指纹、虹膜、声音等信息）的披露，对他们的隐私和个人自主权造成的潜在威胁和危险越大。在畅想元宇宙所赋予我们的多重身份、多种存在和繁复情感时，我们不得不追问：一个普通人能否对个人信息进行选择性披露？能否拥有不被观察和侵入的选择权？能否拥有一个隔离空间，能够不被网络技术追踪？这些涉及个人信息隐私的、身体隐私的和社会关系隐私的问题至关重要，这决定着一个普通人在元宇宙中的身份和权力，如果这些问题的答案是否定的，尽管你拥有了皇帝的新装和创造的感觉，也很可能沦为安徒生童话中那位被欺骗的皇帝，因为你只是一个彻头彻尾的透明人。

新技术创造、变革、改变，同时也是一种"自我截除，它们生成新环境，单个有机体在这样的环境面前是孤立无助的"[①]。当一种新媒介快速潜入旧媒介时，不一定会使旧媒介消亡，但一定会使旧媒介过时，这种过时通常表现为两种形式，一是旧媒介环境中的生产、生活方式让习惯新媒介的人们无法忍受，就像三和青年接受、习惯了网络环境，再也无法忍受机械时代的流水线工作方式；习惯了城市生活环境，再也无法适应离开城市回归农村的生活方式，即网络和城市是他们无法摆脱的新环境，哪怕他们被视为城市的异端或网络世界的奇谈；二是习惯旧媒介环境而没有机会融入或无法融入新环境的人们在面临新环境的时候会陷入尴尬境地。据第49次《中国互联网络发展状况统计报告》[②]，截至2021年12月，我国网民规模达10.32亿，互联网普及率达73.0%，但是仍然有27.0%的人群没有联网。截至2021年12月，我国60岁及以上老年网民规模达1.19亿，互联网普及率达43.2%，但56.8%的老年群体仍然无法融入互联网环境，查找网络信息、网购、电子支付等这些大众生活方式对他们而言是遥远的，尤其在疫情环境下他们甚至无法独立完成出示健康码或行程码。因而他们在新媒介环

---

①　马歇尔·麦克卢汉著，昆廷·费奥里、杰罗姆·阿吉尔编：《媒介与文明》，何道宽译，北京机械工业出版社，2016，第124页。

②　中国互联网络信息中心，http://www.cnnic.net.cn/hlwfzyj/hlwxzbg/hlwtjbg/202202/t20220225_71727.htm，2022年2月25日发布，2022年5月3日查询。

境中格格不入，孤立无助，"自我截除感"在某种程度上变得更加敏锐。《皇帝的新装》中的小孩子因为未能和新环境达成一致而一眼看出了皇帝实际上并没有穿衣服，而这些未能联网的人群则无奈尴尬地体会到自己的无衣（新媒介）可穿。在智能手机已经成为人们新的器官的时候，在新媒介环境中由于各种原因不能或不会使用智能手机的人们，就相当于丢失了这一器官，进行了"自我截除"，成为事实上的残疾人。三和青年和无法融入互联网环境的人群在面临新旧媒介环境冲突中的尴尬处境是无法回避的，也是社会治理必须面对的问题，更是网络技术在快速更新迭代的同时不得不考虑的问题，这是技术和人文的冲突。

三、元宇宙批判：完美赛博空间抑或超级全景监狱？

2021年，元宇宙（Metaverse）从科幻小说里跳脱出来，在资本圈里风光无限，被预言成互联网的终极形态、新一代的无限网络和完美的赛博空间。

（一）元宇宙化：人类不断往虚拟世界的大迁徙

2021年3月，沙盒游戏平台Roblox将"元宇宙"写进招股书，登录纽交所，上市首日市值突破400亿美元，此举引爆资本圈。2021年10月，扎克伯格宣布脸书的新名字是"Meta"，更是为元宇宙的炒作增添了一把柴，国内外互联网巨头纷纷布局元宇宙。随着元宇宙概念股涨停，资本界、企业界和媒体界对元宇宙的关注形成了元宇宙现象。

2021年10月28日，脸书正式宣布母公司名称更改为"Meta"，以反映其对构建元宇宙的专注。重新定位后，脸书成为其母公司旗下众多产品之一。脸书创始人扎克伯格表示，计划建立一个"元宇宙"——一个人们可以在虚拟环境中玩游戏、工作和交流的网络世界。

元宇宙实质上是一个动态的变化过程，是人类不断往虚拟世界迁徙的过程，这个过程也可以被称为元宇宙化。当居住在虚拟世界的人类数字越来越大，直到最大；当一个人的生活、娱乐甚至工作的比重越来越向虚拟世界倾斜，直到超过现实世界的比重，那么元宇宙才算真正形成。

爱德华·卡斯特罗诺瓦（Edward Castronova）在《向虚拟世界的大迁徙：在线乐趣怎样改变现实》（*Exodus to the Virtual World*：*How Online Fun Is Changing Reality*）中提到："从电子游戏行业的黑暗想象实验室中发端的虚拟现实，高速发展的互联网为其提供动力，并在全球实现爆炸式发展，令人大吃一惊。当前（2007年左右，笔者注）已经有2千万至3千万的人沉浸其中，在未来的一两代人中，还有数亿人加入。"由此爱德华断言："这些人正从现实世界大批离去，远离日常生活中的客厅、卧室或购物中心，将造成社会环境巨变，与此相比，全球变暖不过是一场发生在茶杯里的风暴。"无独有偶，简·麦格尼格尔（Jane McGonigal）在《游戏改变世界》中探索了游戏改变世界的路径，想象一个经过游戏改造后的有趣社会，"那些懂得如何制造游戏的人有必要开始关注新的任务了：为尽量多的人创造更美好的现实生活"。

2021年，元宇宙现象爆发，媒体圈和资本圈一起呼唤一个以游戏为架构的理想未来虚拟世界。互联网不是围城，外面的人想进去，里面的人不想出来。以游戏为架构的虚拟世界对很多人来说，是一个充满诱惑的世界。它摆脱了现实日常生活的琐碎和挫败，而在这里你们能迅速攻克难关、获得激励、成为赢家。只要这个虚拟世界足够便宜，足够有趣，那么越来越多的人就会蜂拥而至。就像我们无法阻止水往低处流，我们也无法阻止人们向虚拟世界的迁徙，即世界和人的元宇宙化。相反，每个人都处在元宇宙化的进程中。

1945年，万尼瓦尔·布什（Vannevar Bush，1890.3.11—1974.6.26）发表论文《诚如我们想象的那样》（*As We may Think*），指出在知识和信息飞跃发展的情况下，人们获取这些知识和信息的方法却十分陈旧，很多专业化的知识和信息只能被遗忘。为了对抗这种遗忘，万尼瓦尔·布什提出科学发展的方向——发明一种麦克斯储存器（Memex），以存贮、查阅知识和信息，"使它在科学中得到利用，必须不断地得到扩展和延续"。沿着万尼瓦尔·布什所想象的道路，经过技术探索和改进，人类拥有了网络，向着"所有时代所有地方的所有信息"（《古登堡续》）式的元宇宙进发。从想象Memex到期待Meta，元宇宙会成为一个完美的赛博空间吗？

有意思的是，学术界和网络文学圈也及时做出了反应，学术圈准备了元宇宙相关议题的研讨会，而某网文公司发起了以元宇宙为主题的征文。和元宇宙在资本界、媒体界的鼎沸之势相比，科技界的反应则相对冷淡，甚至表示了某种担忧，唯恐技术发展的方向被舆论掩埋和遮蔽。元宇宙必须通过技术的推动才能最终形成,《元宇宙通证》将支撑元宇宙的互联网技术集群总结为BIGANT（大蚂蚁）：区块链技术（Blockchain）、交互技术（Interactivity）、电子游戏技术（Game）、网络及运算技术（Network）、人工智能技术（AI）、物联网技术（Internet of Things）。元宇宙以信息技术为媒介和驱动，将现实世界的每一个事物进行编码，建构一个虚拟世界，使用户获取新的生存体验。只有当信息足够多，达到元宇宙能够成立的临界点，这个虚拟空间才能确立。

这些技术还在探索和发展阶段，暂时还无法支撑元宇宙，资本界已经开启了狂欢。但是技术标准可以核定，技术难关可以攻克，摩尔定律在一定程度上代表着互联网技术更新迭代的速度，这一切似乎预示着技术难关早晚都能被解决。互联网本身就是人类臆想出来的一条道路，我们能沿着这条道路一直走下去，沿途披荆斩棘，直抵完美的信息世界，开启一个信息乌托邦时代吗？

（二）元宇宙技术：开启新一轮的乌托邦想象

"元宇宙"这个词来自尼尔·史蒂芬森（Neal Stephenson）的科幻小说《雪崩》。《雪崩》早在1992年已经发表，那时候的万维网风光无两，互联网的弄潮儿还在为世界的真正互联而兴奋激动，为互联网的商业化感到愤慨，甚至万维网的创造者伯纳斯·李（Tim Berners-Lee）宣称对网页浏览器收费是"对学术社区和网络社区的背叛"。

经常被人忽略的是，网络起源于恐惧和冷战。第二次世界大战后，美苏之间的对峙形成了冷战格局，二者之间的军备竞赛愈演愈烈。当时美国的电话电信系统最容易受到攻击，这个弱点困扰着当时美国的科学家。保尔·贝恩（Paul Baran）提出了自己的解决方案《论分散通信》，这个去中心的通信系统就是网络的雏形，去中心化也被视为互联网技术的基本特征。

1991年，Linux系统发布，其免费、开源的特征吸引了很多程序员加入，他们利用业余时间开发软件，并将软件代码无偿提供给他人使用。程序员埃里克·斯蒂芬·雷蒙（Eric Steven Raymond）在《大教堂与集市》（*The Cathedral and the Bazaar*）一文中将免费、自由和开源的Linux系统比喻成"集市"，以区别于"大教堂"式的现实权力世界。1996年，约翰·佩里·巴洛（John Perry Barlow）的《独立网络空间声明》发出了盼望理想赛博空间的最强音："工业王国的政府，你们这些无聊的血肉钢铁巨人，我来自网络空间，理智的新寓，我请求你们这些旧时代的东西别再来烦我们。我们不欢迎你们。在我们相聚的地方，你们没有统治权。"

但是自由软件运动很快烟消云散，在Linux系统和Windows系统的对峙中，商业化的Windows系统大获成功。乌托邦的理想鼓舞人们去创新，但在现实社会资本的力量显然更强大，早期免费、自由的互联网精神在互联网商业化中只能无可奈何花落去，至于约翰·佩里·巴洛的振臂一呼，也彻底没有了下文。

新的移动信息标准（5G甚至6G），大量数字人的涌现，智能穿戴设备销量的持续走高，De-Fi（Decentralized Finance，分布式金融）、IPFS（星际文件系统）、NFT（Non-Fungible Tokens，不可同质化代币）等概念和技术探索热度不减，元宇宙技术将"去中心化"重新推进了人们的视野，引发了人们对平等、自由、自治的理想乌托邦的再一次狂欢式想象。

在元宇宙的激流中，很快有人对去中心、自由、平等等美好词汇有了新的期望。但是他们忘了，互联网技术是去中心的，资本却是集中的。美国物理学家、网络科学学会创始人艾伯特－拉斯洛·巴拉巴西（Albert-László Barabási）研究发现，网络存在幂律特征，网络幂律机制决定着网络存在高度集中现象，这就意味着根本不存在随机的、去中心的网络，这才是网络造富运动的真相和解释。

技术无法阻挡商业的无孔不入，反而技术的进步为网络的商业化准备好了条件。20世纪90年代初，网络商业化促使大多数钱流向了少部分人，形成了以互联网为中心的新商业、新业态、新经济，同时开启了轰轰烈烈的造富运动。这就是1%经济，也被人称为"赢家通吃"。

2002年，当全球互联网用户达到6.6亿，约占总人口10.9%的时候，催生了雅虎、亚马逊等互联网领军企业；2008年，当全球互联网用户达到15.9亿，约占总人口23.9%的时候，催生了谷歌和易贝等互联网巨头；2015年，当全球互联网用户达到30亿，约占总人口41%的时候，脸书、推特等应运而生，成为新的互联网巨头。随着用户的增长，每到一个新的用户基数的临界点，在新的技术条件下便会催生新的企业，形成一个新的造富过程。2019年，全球互联网用户达到40亿，约占全球人数的51%（以上数据来源于国际电信组织ITU）。这是一个拥有更多用户基数的临界点，而这40亿中有29亿是脸书的用户，如此庞大的用户才是扎克伯格进军元宇宙的底气，也是其他资本跑步进场的动力，更是元宇宙概念股涨停的根本原因。技术的发展和庞大的流量吸引资本，催生欲望，怂恿冒险，形成新的财富中心。

我们不得不追问：在建构以数字信息为支撑的虚拟现实的进程中，在形成"所有时代所有地点的所有信息"的元宇宙化的进程中，作为一个普通人，我们到底需要让渡多少信息和隐私，才能获得通往元宇宙的通行证？

（三）超级全景监狱：元宇宙信息权力方式的批判

元宇宙不是一天建成的，需要技术、资本和用户。资本已经磨刀霍霍、急不可耐，技术虽不成熟但指日可待。在元宇宙的热潮中，用户将被裹挟着前行。

最关键的问题是，元宇宙由谁建造，又由谁治理？元宇宙的信息权力方式是什么？

毫无疑问的是，如果要达成"所有时代所有地点的所有信息"这种互联网终极理想形态，用户是元宇宙信息的提供者，也是元宇宙的建设者。互联网越发展，用户的地位越重要，UGC（User Generated Content，用户生成内容）模式的潜力将被最大限度地发掘。用户的创造力和想象力将成为元宇宙的生产资料。

元宇宙的乐观者踌躇满志，他们认为在元宇宙外，千行万业将被元宇宙赋能，在元宇宙内，产业集群将整装待发，创造新的财富神话。假设这是真的，这些财富如何分配？乐观者根据区块链去中心化的技术特点，提出了"去中心化组织＋智能合约自治"的治理模式。可惜互联网的历史已经证明，去中心化技术并不能带来去中心化组织，事实上在造就财富神话的同时，形成了人人皆知的"赢家通吃"和经济垄断。

边沁（Bentham）设计了全景监狱（panopticon），这是一种圆形建筑，建筑中央有一个瞭望塔。瞭望塔的四周均是窗户，正对着四周的圆形建筑。圆形建筑被分隔成一个个的囚室，每个囚室都有两个窗户，一个正对着瞭望塔，一个能让光线射进来。处在中心瞭望塔位置的是监督者，处在囚室位置的则是被监督者，被监督者可能是疯人、病人、犯人、学生、工人或其他人。全景监狱是"一种重大而崭新的统治手段"，"其优越性在于它能给予被认为适合应用它的任何机构以极大的力量"（《全景监狱》）。

米歇尔·福柯（Michel Foucault）在《规训与惩罚·监狱》等著作中将全景监狱这种看与被看二元统一的机制广泛应用，总结为一种普遍的权力运作模式，在应用上可以监视、改造、医治、禁闭、监督和强制，成为"一种在空间中安置肉体、根据相互关系分布人员、安排权力的中心点和渠道、确定权力干预的手段与方式的样板"（《规训与惩罚·监狱》）。

马克·波斯特（Mark Poster）在现代信息方式的新语境下，指出数据库在现有语言之上创造了一种新话语，即超级全景监狱。超级全景监狱是对大众控制的新手段，是新的权力形式，且"全民都参与了这一自我建构过程，把自己建构成超级全景监狱规范化监视的主体"（《信息方式》）。

当手机已经成为我们的一个器官，当元宇宙化的程度越来越高，当扎克伯格野心勃勃地希望将脸书建构成一个数字帝国的时候，超级全景监狱显然有了新变化。

其一，元宇宙将囊括更多的用户、事物和场景，形成一个前所未有的超级数据库，信息和数据源源不断地生产和再生产，为占据瞭望塔位置的数码资本主义赋予更大的权力。

其二，平台和用户的看与被看二元关系将更加混乱，甚至达到密不可分的地步。在元宇宙的空间中，用户被割裂为两个人生，且虚拟人生所占的比重越来越大，在虚拟空间投入越来越多的时间。他们既是大数据的使用者，又是大数据的生产者，使用得越多，生产得越多。用户不仅是被监视的对象，也是生产者和消费者。也可以说，元宇宙的规模最终由用户的多少决定，但大数据的收益却被以平台或企业为代表的数码资本主义收割，形成新的财富高塔。

其三，元宇宙的居民将被规训为和"智人"迥异的新人类，或许我们可以将其称为游戏人，游戏人将抛却理性，追逐欲望和快感，占据瞭望塔位置的数码资本主义将依据用户生产的源源不断的大数据，捕捉、挖掘用户的群体特征和个体差异，制造、培养各种不同形式和内容的快感需求，满足用户对快感的不同的但永无餍足的需要。数码资本主义治理元宇宙的方式是快感治理术，并在技术变革的驱动下，制造出更多的数字人，比如虚拟偶像，加剧人的不同面向的分化及规训。

恰如齐泽克所言，"快乐的敌人是更多的快乐"，如果说对利益的追逐是资本的本质，那么对快感的追逐也是人的本性，元宇宙契合了人的本性。不管元宇宙能生产和制造出多么丰富多彩的快感，其主导的生活方式将只有一种，其规训的人也只能是一种单向度的人。没有游戏的人生是无趣的，仅有游戏的人生会怎样呢？当丰富多彩的生活只有元宇宙一个选项，

网络文学：媒介、文本和叙事

我们才应该警惕和担忧。

最后，让我们看看马斯克（Elon Musk）的选择吧，他在迄今为止的人生中主要做了三件事：投入到互联网中，研发了电子支付Paypal；成立SpaceX，寻找降低火箭发射成本的途径，着眼于未来太空商业旅行和太空移民；研发"超回路列车"，着眼于改善现实大难题——交通堵塞。数码资本主义的杰出代表马斯克将目光分别投向了虚拟空间、未来空间和现实空间，并想顺手将世界上大部分的平常人安置在元宇宙，造成人类文明的内卷。

说好的星辰大海，数码资本主义却只用一个元宇宙打发平常人，让他们在虚拟世界中乘坐游艇，到小岛庆生或约会，遨游太空，仿佛过上了巨富的生活，但却失去了理性和判断。

后　记

　　最近几年来，一直困扰我并促使我投入思考的，是怎样理解网络文学，怎样理解当下精彩纷呈、流动不居的媒介文化。这本小书是我近期思考的结果。

　　本书共八章，以"媒介""文本""叙事"三个关键词切入，分别论述了中国网络文学的媒介形态、起源辨正、生产模式、消费逻辑、身体叙事、叙事时空、故事消费和媒介新趋向等问题。我一直提醒自己，尽量以发现问题、解决问题的姿态投入研究，尽量以多种研究方法切入论题，尽量以简洁凝练的文风行文。只是力有不逮，到底实现了几分，有待商榷。

　　恰恰由于对媒介的关注，我一直对互联网抱有期待，对印刷持观望态度。从印刷到互联网，并没有谁取代谁的问题。回顾人类媒介史，彻底消失的媒介则实为罕见，最终是万流归海。白纸黑字的印刷力量让我敬畏文字，期待本书付梓；转瞬即逝的时光让我敬畏生命，妄想在时间的流沙中建筑一座坚固的精神城堡，增添生命的厚度。这本小书是我关于网络文学和媒介文化的一个小结，更是一个关于网络文学和媒介文化更加深入思考的新起点。我将继续前行。

　　可是我知道，由于我自身的浅薄与孱弱，这本小书宛若寒冷冬夜悄然而降的一场大雪。对我而言，是我期待已久的洁白世界；对庞大的宇宙而言，其中的每个字都被雪花掩盖了起

　　　　　　　　　　　　　　　网络文学：媒介、文本和叙事

来。幸运的是，在出版之前，本书的大部分篇章已经先后在《粤海风》《社会科学报》《南方文学评论》《南方文坛》《网络文学研究》《中国当代文学研究》和新媒体"文学新批评"（公众号）、"言之有范"（公众号）上发表，总算在被雪花掩盖之前提前跟大家见了个面。感谢以上刊物、报纸和新媒体给予我的提携和鼓励。

感谢广东省作家协会对我的培养，感谢师友们对我的鼓励，感谢家人对我的支持。生命中有了可亲可敬可爱的家人、亲朋、师友和同事，我的生活才更丰富，我的生命才更完整。

谨以此书献给我的先生和我的儿子。没有爱人的包容和支持，我将陷入生活的无限烦琐；没有幼子的宽容和爱，我恐怕会失却前行的勇气、高洁的理想和追寻的决心。我想以一首小诗结束本书。

一所房子

梦中我建造一所房子
再也无惧狂风骤雨
每一个房间都既私密
又能随时推门而去

建造房子的材料有
郁郁葱葱的树林
流动不居的河流
无所不在的空气和

我孱弱鲜活的身体

透过扇扇明亮的窗户
可见山脉的庞大身躯
可见麦田的宽大衣裾
可见缓缓凋谢的落叶
和每一个思想走过的脚步

是为记。

2022年10月8日于广州

网络文学：媒介、文本和叙事